Histoires et chroniques de la tribu de l'Ouest.

tribu de l'Ouest.

Livre Premier :

À l'ombre de la tour noire

Jean-Michel Martin

Edition : Books on Demand,
12/14 rond-Point des Champs-Elysées, 75008 Paris
Impression : BoD - Books on Demand, Norderstedt, Allemagne
ISBN : 9782322163748
Dépôt légal : novembre 2018

Chapitre un : l'adoption

Alors que je prends aujourd'hui mes fonctions d'ancien, il me revient, tout comme à mes prédécesseurs, d'écrire mes mémoires. Bien entendu, lorsqu'on s'installe à une table, devant une feuille vierge, passé un certain âge, ce sont des dizaines d'années de souvenirs qui affluent vers vous par vagues.

Le premier de ses souvenirs est sans doute un des plus pénibles. Je me souviens de la pluie, glacée, qui trempait mon visage. Ma petite main était tenue fermement par une main bien plus grande, calleuse et ferme.

Au bout du bras auquel appartenait cette grande main d'homme, je ne voyais que de l'acier et des poils. L'homme, grand et fort était en armure, comme de nombreux autres qui étaient là. Toute la région d'Aprepierre s'était réunie autour de deux bûchers. Les deux personnes au sommet de ses ensembles de bois brûlant et crépitant étaient mes parents. Tous les gens qui les connaissaient et qui les estimaient s'étaient réunis à la nuit pour leur dire adieu. Ils avaient été emportés l'avant-veille par une forte fièvre dont l'origine reste encore aujourd'hui un mystère.

L'homme qui me tenait la main était le frère de ma mère. Il me prit dans ses bras et me murmura d'une voie lente et monocorde : « Ne t'inquiète pas, nous prendrons soin de toi. »

Je pense m'être endormi à ce moment-là, mais le lendemain, je me réveillais dans une chambre inconnue et chaude. J'avais le cœur lourd. Je savais ce qu'était la mort, malgré mon très jeune âge.

Après quelques instants durant lesquels le rêve brumeux trouble la réalité, je sortais du lit, puis de la chambre. Les torchères et le brasero qui chauffaient et éclairaient la pièce m'aveuglaient quelques secondes. Une fois que mes yeux s'habituaient au changement de luminosité, je reconnaissais la grande salle de la maison des Deux-Rivières. Mon oncle Arron et ma tante Grida parlaient de mon avenir autour d'une table.

L'ancien d'Aprepierre leur avait confié mon éducation. Ils étaient mes parents les plus proches, et ils n'avaient jamais eu d'enfants. Je m'étais glissé dans la salle sans qu'ils le sachent et j'entendais leur conversation.

«   -Le petit suivra la voie de son père, énonçait mon oncle.

-Mais il a le caractère de sa mère. Le petit est si doux et fragile…

-Si ma sœur avait eu d'autres fils, reprit mon oncle, je ne serais pas si directif, mais il lui revient de prendre la suite de son père. D'ailleurs, il doit changer de nom sur l'heure.

-Oui, comme ses ancêtres, il prendra le prénom de son père, c'est son héritage. »

Je m'étais assis sur une margelle, non loin d'eux, dans la pénombre. Je ne voyais pas le chien de mon oncle se glisser près de moi. Je n'avais que six ans et, bien qu'il n'eut pas de mauvaises intentions, cette nuit-là, il fut une source d'ennui.

Lorsqu'il avait enfin senti ma présence, il était venu pour que nous jouions comme nous en avions l'habitude chaque fois que mes parents et moi rendions visite à notre oncle. Il était forgeron et mon père était un genre de guerrier, le seul du domaine. Ils avaient souvent à faire l'un avec l'autre.

Comme souvent, il avait eu le réflexe de me faire une véritable fête. Bien entendu, le bruit a interrompu la passionnante conversation entre mon oncle et ma tante.

Oncle Arron m'avait littéralement transpercé du regard. La conversation l'avait déjà passablement énervé, mais mon intrusion semblait avoir allumé un véritable brasier de colère dans ses yeux. Il bondit de sa chaise, sans ménagement. La chaise heurtait le sol au moment où je sentais sa poigne puissante et ferme saisir mon bras. J'étais resté interdit devant la rapidité et la puissance que cette véritable montagne pouvait développer. Aujourd'hui, je sais que mon esprit d'enfant était très impressionnable.

« Va dormir, demain, une nouvelle vie commence ! » Sa voix roulait comme le bruit d'une tempête. Il n'était pas question pour moi de désobéir.

Chapitre deux : L'héritage

Le lendemain, alors que je n'avais pas encore entamé le deuil de mes parents, mon oncle me tirait du lit aux premières lueurs du jour. Sans ménagement, il me soulevait et me déposait quelques secondes plus tard dans la grande salle de la maison, devant un petit déjeuner solide, alors que je n'avais toujours pas ouvert les yeux.

« Tu devrais reprendre connaissance plus vite que ça, la journée sera longue pour nous deux. » Me dit-il en lieu et place d'un baiser sur la joue et du doux « Bonjour » auquel ma mère m'avait accoutumé.

Après avoir mangé quelques morceaux de viande séchée, et après avoir passé les vêtements préparés par ma tante, qui avait été les chercher dans la maison de mes parents, je retrouvais mon oncle sur le seuil de la maison. Il m'attendait en regardant la mer. La maison de mon oncle, et la dépendance dans laquelle il exerçait son métier de forgeron étaient toutes les deux légèrement à l'écart du cœur du village. Nous surplombions une haute falaise de calcaire sur laquelle la mer déchaînée venait écraser ses vagues.

Sans même tourner la tête vers moi, averti de mon arrivée par le bruit de la porte de sa maison, il s'adressa enfin directement à moi, pour la seconde fois de ma courte existence :

> « Tu es le fils unique de ma sœur, c'est pourquoi je dois me charger de toi. Tu apprendras la forge, dans un premier temps. Ensuite, tu prendras le titre et la suite de ton père. Tu es trop jeune pour tout comprendre, mais tu verras plus tard en quoi ça consiste. Tu sais allumer un feu ?

Oui mon oncle, répondis-je, intimidé.

Alors, va allumer la forge, et surveille à ce que le feu ne soit pas trop fort, en hiver, elle doit chauffer lentement. Lorsque tu n'arriveras plus à mettre ta main dans le four à cause de la chaleur, tu viendras m'avertir. »

Les jours passèrent, puis les jours se changèrent en mois, avec une patience infinie, mon oncle me transmettait le mystère du feu et de l'acier.

Chaque semaine de travail à la forge formait mon corps. Sans m'en rendre compte, je grandissais, et ma musculature s'épaississait. Je ne grandissais que très peu malgré tout. Lorsqu'un membre du clan passait demander le fruit de la forge à Arron, et quand celui-ci était accompagné d'enfants de mon âge, je remarquais tout de même que ma croissance prenait du retard sur la leur.

Trois années étaient passées. Comme les trois dernières fois, mon oncle, lorsque je le rejoignais à la forge, m'annonçait froidement : « Aujourd'hui, tu as passé une année de plus sur terre, félicitations, tu es toujours en vie. » C'était là le seul cadeau que je reçus pour mes dix ans, le reste n'était qu'héritage et malédiction.

La journée s'écoulait normalement et les heures s'égrainaient paisiblement lorsqu'il m'annonçait que nous stopperions le travail dans le milieu de l'après-midi. Durant les trois dernières années, nous avions travaillé dur, dès les premières lueurs du jour jusqu'au coucher du soleil. Pourtant, ce jour-là ressemblait pour moi à tous les autres. Une seule chose changeait à chacun de mes anniversaires, ma tante me donnait une tenue adaptée à ma taille pour l'année à venir. J'y avais d'ailleurs pensé durant toute la journée, quelle allure aurais-je pour l'année à venir ? C'était bien là la seule question que je me posais, et c'était le jour de la tenue de mes dix ans.

Je ne disais rien et suivais à la lettre les consignes de mon oncle. Lorsqu'il le jugeait bon, il me fit lâcher le marteau et je devais réserver la suite de mon office pour le lendemain. Il faisait de même de son côté, je l'observais du coin de l'œil et reconnaissais les gestes que je le vis faire de dos. Une fois notre travail préservé de la fraîcheur de la nuit, des embruns et de la rosée du matin, il prenait lentement, au pas de la promenade, le sentier qui quittait l'atelier, la maison, la falaise et le village.

Nos pas nous avaient conduits au-delà de ce que je n'avais jamais visité du monde. Pour moi, du haut de mes dix ans, l'univers était fait de l'océan qui me berçait les soirs de tempêtes, l'atelier de forgeron de mon oncle dans lequel tous les jours nous cultivions un brasier, la maison des Deux-Rivières, et, à quelques minutes de marche, le village de notre clan. Je n'ignorais pas bien sûr qu'un vaste monde attendait de dévorer le voyageur imprudent qui quitte sa demeure, mais je ne l'avais jamais vu de mes yeux.

Le village du clan était bordé de prairies et de pâtures dans lesquelles nos bêtes paissaient paisiblement, jour après jour. C'était là la seule limite de ma connaissance du monde. Aujourd'hui, je découvrais le sentier qui sillonnait au travers des champs, et au bout de ce sentier, une colline. Nous arrivions au sommet de la colline après avoir marché une bonne heure. Durant la marche, j'essayais de questionner mon oncle sur notre destination, mais il s'était contenté de me dire que parler en marchant nous fatiguerait plus vite.

Notre promenade, dans le silence le plus complet, s'apparentait plus à un pèlerinage. Nous avions gravi la colline lorsqu'une nouvelle pièce du puzzle venait s'ajouter à cette journée peu ordinaire. À gauche et à droite, j'apercevais encore mon voisin de toujours, l'océan, dans mon dos, Aprepierre s'abritait toujours derrière sa haute palissade de bois qui protégeait le village et les animaux des prédateurs nocturnes. En face de moi, je voyais pour la première fois une chaîne de montagnes. Le spectacle était fantastique. Plusieurs lieues, trop pour que je puisse en donner une idée, nous séparaient des géants de roches immobiles qui dormaient au loin devant moi.

Mon oncle, qui avait cessé de marcher, posait sa lourde main sur mon épaule.

«   -Petit, c'était le seul nom qu'il ne m'avait jamais donné, tu vois les montagnes qui sont là-bas ?

-Oui mon oncle, je les vois.

-Et bien, au-delà de ces montagnes, il y a une tour, sais-tu ce qu'est une tour ?

-Non mon oncle, je n'en ai jamais vu.

-C'est comme une maison, ronde, et d'une hauteur fabuleuse. Et bien, il y en a une de l'autre côté de ces montagnes que tu vois. Je te montre ça, car c'est un lieu dans lequel personne ne va. C'est dangereux et interdit. Tu comprends ça n'est-ce pas ?

-Oui.

-Et bien, sache que dans trois jours, tu prendras la route pour t'y rendre. »

Si mon parent avait saisi une masse et m'avait frappé sur la tête avec, je n'aurais pas ressenti un choc plus important. « Ne t'inquiète pas, tu n'iras pas seul, reprenait-il. À l'aube, la fille d'Ignirr, qui doit avoir deux ou trois ans de plus que toi à peu près, viendra te chercher, et vous partirez tous les deux. Allez à la tour, et revenez en vie, c'est tout ce que vous avez à faire.

Mais, vous disiez que…

Je sais ce que je viens de dire. Le travail que je t'ai confié ce matin, cette petite épée dont je t'ai donné les plans, c'est la tienne. Rentrons à la maison, je répondrais à toutes tes questions. Demain, nous donnerons tous les deux à ton arme l'attention qu'elle mérite. »

Aucune pensée ne prenait pied dans mon esprit, je ne pouvais suivre aucune réflexion tant j'étais agité. Rien ne m'avait préparé à ce voyage. Je me bornais depuis trois ans à rendre coup pour coup à une enclume qui se moquait de mon marteau. Je ne savais rien de l'art de la bataille, de la chasse, de la survie et des longs voyages.

Chapitre trois : départ

Durant les trois jours suivants, mon oncle et moi-même battions l'acier sans relâche. Nous formions une épée de bonne taille et assez légère pour ma constitution d'enfant. Durant les laps de temps durant lesquels la lame chauffait au four, nous luttions dans un entraînement acharné. Pour ces combats, il m'avait confié l'épée de mon père. Elle était beaucoup trop longue et trop lourde pour moi. C'était un véritable calvaire à manier. Selon Arron, plus l'entraînement était difficile, plus la bataille serait facile.

Tous les soirs, la douleur sourde qui hantait mes bras et mes épaules augmentait. Je songeais aux courbatures et au voyage qui m'attendait, si seulement mon entraînement avait débuté plus tôt, mon corps l'aurait sans doute mieux toléré, mais à cette question, mon oncle m'avait apporté, comme à son habitude, une réponse claire et consiste.

> « Ton père était un gardien, m'expliquait-il au second soir. C'est d'ailleurs pour ça qu'il avait cette épée gravée dont tu te sers pour les entraînements. C'est le seul du village qui pouvait porter une arme. Aujourd'hui, c'est à toi de prendre la relève. Les gardiens vont par deux depuis des siècles, c'est un héritage qui nous vient d'un temps reculé. Bien avant que les hommes ne changent, ils dominaient le monde. Les humains étaient partout, par milliers et centaines de milliers, dans des villages s'étendant jusqu'à l'horizon. Ensuite, on pense que les humains ont fauté. Nous ne savons pas vraiment en quoi ni comment. C'est à ce moment que les Ombres sont apparues, comme une sanction qui a frappé les humains durement.

Les Ombres, qui sont moins que les doigts des deux mains, ont bâti les tours. Quelques humains ont résisté, ils se sont battus durant des décennies. Leur histoire nous est parvenue au fil du temps, du fond des âges. Maintenant, nous vivons de façons différentes. À l'origine de la résistance, il y avait un homme et une femme, dont les noms se sont perdus, avec le temps. Pour honorer leur sacrifice et continuer la veille qu'ils avaient débuté, chez les humains, il doit toujours y avoir un gardien et une gardienne en faction à la tour. Si nous reproduisons les erreurs du passé, alors ces gardiens prendront leurs ordres de l'Ombre qui réside dans la tour afin de changer les choses en bien. Cette génération, l'érudite est envoyée de Valperdu, une tribu qui vit sur la côte, bien au sud, à trois jours de marche. Le gardien, fils du gardien, c'est toi petit. Lorsqu'elle arrivera, vous passerez un jour et une nuit de repos, après, vous partirez pour la tour. Compris petit ?

-Oui mon oncle. »

Bien entendu, toutes ces considérations étaient bien trop vastes pour mon trop jeune esprit, mais il était tellement plus simple de répondre que j'avais compris. J'allais avoir une belle épée, une amie, et nous partirons en voyage. Voilà ce que mon esprit avait retenu.

Quelque temps plus tard, l'épée subissait son dernier bain de refroidissement tandis que ma tante, qui avait si souvent assisté mon oncle dans ses plus belles créations, nous apportait le manche sculpté. L'arme avait un nom, nous l'avions choisi ensemble avec mon oncle, puis inscrit sur le manche. Quelques détails et quelques heures plus tard, je prenais enfin en main « l'Aube du gardien ».

La lame était encore tiède lorsque je faisais mes premiers exercices dans l'air. Elle était légère et brillante comme un matin sans nuages. Les premiers jours de ma dixième année étaient ainsi gravés à jamais dans ma mémoire et dans l'acier de cette lame. Alors que nous faisions connaissance, ma lame et moi-même, du coin de l'œil, une silhouette attirait mon attention. Deux personnes arrivaient par le sentier qui menait du village à la forge.

Ma tante passait devant moi d'un pas léger et lent pour aller à la rencontre de ces visiteurs. Je ne reconnaissais ni la fille ni la femme qui venaient vers nous. Comme à son habitude, mon oncle posait sa lourde main sur mon épaule en regardant dans la même direction que moi. Je savais à ce moment qu'une explication allait suivre.

«   -Voici ta première mission, gardien.

-Pardon, je ne comprends pas, Oncle Arron, lui avouais-je timidement.

-Tout le pays sait que le gardien d'Aprepierre est à la demeure des Deux-Rivières depuis trois ans, et il est de tradition que le gardien accompagne les étudiants qui partent en voyage d'étude. Je pense que ta première mission, celle dont je t'ai parlé plus tôt, est en train de parler avec ta tante. Tu verras, c'est un simple aller et retour, comme je te l'ai déjà expliqué, Jianhuren.

-Jianhuren ?

-Oui, c'est ton nom dorénavant, car tu es le gardien de la tribu de l'ouest, fils adoptif des Deux-Rivières, fils du Jianhuren de la maison d'Œil-Pourpre. »

La femme qui accompagnait la jeune fille parlait avec ma tante qui les accompagnait sur les derniers mètres qui les séparaient de nous. À quelques pas de mon oncle et moi-même, ma tante et la femme s'immobilisèrent. La jeune fille franchissait seule les derniers mètres. Le vent soulevait sa chevelure brune et ses yeux verts semblaient scruter mon âme alors qu'elle avançait d'un pas résolu. Je ne saurais dire comment elle était vêtue, non pas que les années aient effacé ce détail de ma mémoire, mais ses yeux retenaient, à eux seuls, toute mon attention. D'ailleurs, je ne voyais qu'eux et n'entendais plus rien lorsque mon oncle me ramenait, d'une pression de la main sur mon épaule, à la réalité.

« Allons jeune fille ne soyez pas si pressée d'aller au-devant des difficultés, vous passerez la nuit ici. »

Je compris en écoutant parler mon oncle que la discussion s'était engagée un peu plus tôt, et, comme ça peut arriver à un enfant, je n'avais rien écouté du début.

Le temps a effacé le nom de la femme de mon esprit, elle était la préceptrice d'une communauté de jeunes gens située dans la tribu du mont de feu. Le volcan qui était situé au sud de l'île. Cette petite communauté accueillait en son sein les enfants des tribus humaines libres qui avaient une certaine sensibilité au monde.

Dans le cadre de l'enseignement que suivaient ces enfants, ils effectuaient, à leur quinzième anniversaire, un pèlerinage dans les régions qui entouraient la tour noire. Il était du devoir des gardiens d'assurer leur sécurité. Lorsque le hasard des dates et des générations se prêtait au jeu, le jeune gardien et l'étudiant partaient en pèlerinage ensemble afin d'apprendre à œuvrer ensemble. J'étais le gardien et elle était l'étudiante.

Le lendemain, peu avant l'aube, ma tante était entrée dans la chambre pour me réveiller. Selon les adultes, nous devions partir, l'étudiante et moi, aux premiers rayons de l'aube. Chaque instant de clarté devait nous permettre d'avancer vers notre destination. J'étais sorti voir mon oncle, il était déjà à la forge. Il avait allumé le feu en vue du travail qui l'attendait dans la journée.

Les instants les plus sombres de la nuit sont ceux qui précédent le lever du soleil.

Je me faisais cette réflexion avant d'arriver à portée de voix de l'homme qui avait tant pris soin de moi. J'espérais recueillir de sa part une dernière perle de sagesse, un conseil ou ne serait-ce qu'un encouragement pour ce voyage. Je n'en tirais qu'un mot, entre l'ordre et la supplique, sur un ton presque fantomatique, « Revient » m'avait-il dit.

La jeune fille, Lux Sélène, semblait, au moment où elle franchissait le seuil de la maison, être escortée par les premiers rayons de soleil. On l'entendait arriver de loin. Dans un grand sac qu'elle avait en bandoulière, elle semblait porter des morceaux de bois par milliers. Quant à moi, je m'étais habillé de pied en cape, et j'avais pris soin de m'armer de mon épée, mais je ne pouvais rien avaler.

« Que la lumière ne vous abandonne jamais les enfants, restez prudents. » Mon oncle livrait enfin sa recommandation. Nous le saluions à notre tour et franchissions les limites de la propriété de mon parent. Notre voyage initiatique avait commencé.

Les heures et les kilomètres s'égrainaient de concert. Nous avions franchi depuis quelque temps déjà la colline sur laquelle mon oncle m'avait investi, quelques jours plus tôt, des limites du territoire et de mon rôle de gardien.

Chapitre quatre : la vallée d'émeraude

On m'avait enseigné, avec rigueur, la discipline, et comme Lux était mon aînée, je devais attendre qu'elle m'adresse la parole, mais le vacarme curieux que produisait son sac et le livre qu'elle ne lâchait pas m'intriguaient au plus haut point.

«   -Pardon, madame, mais je voulais savoir, vous êtes quoi ?

-Allons, Jianhuren, ne m'appelle pas madame, je ne suis pas encore assez âgée. Appelle-moi Sélène. Je suis une étudiante.

-Oui, je le sais, ça, mais qu'étudiez-vous ? »

Encore une fois ma mémoire me fait défaut ici, mais ce dont je me souviens, c'est qu'elle possédait une grande sensibilité au monde. Elle savait voir les liens des choses vivantes, parfois même, elle voyait les liens et les noms des choses qui ne vivaient pas.

Elle avait appris à influer sur les choses dont elle savait le nom grâce aux liens qu'elle voyait. C'était, pour mon petit esprit d'enfant, un imbroglio de mots sans aucun sens. J'en avais finalement déduit qu'elle étudiait les choses vivantes. Je lui avais également demandé ce qu'elle transportait dans son sac et qui faisait le bruit de centaines de petits morceaux de bois. Il s'agissait en réalité de plaquettes de frêne ou de chêne, très fines et de la taille de sa main. Quant à leur fonction, je ne lui posais pas la question.

Sélène était une jeune fille ravissante et très gracieuse, à un point que parfois elle semblait flotter au-dessus du sol plutôt que marcher. Ses cheveux roux et frisés étaient si fins qu'elle semblait, lorsque le vent jouait avec eux, être véritablement auréolée de feu. Elle parlait peu, uniquement pour répondre lorsque je lui adressais la parole.

Lorsque le soleil avait finalement atteint son zénith, nous avions choisi de déjeuner sans nous arrêter de marcher. J'avais quelques lamelles de poissons séchés et une pomme que j'avais prévu à cet effet. Elle s'était contentée d'une bande de viande séchée qu'elle avait apportée dans ses provisions. C'était de la viande de bulle, un animal relativement sauvage, et même redoutable lorsqu'il se sent acculé. La communauté dans laquelle elle vivait avait réussi à les domestiquer, plus ou moins. Les femmes leur sectionnaient l'épine dorsale à la naissance, les privant ainsi de leur principal moyen de défense, les jeunes et les adultes étaient séparés. Les adultes qui passaient les cinq ans étaient ensuite tués pour en faire de la nourriture. Il était très facile de les dominer compte tenu de leur taille, une fois l'épine dorsale tranchée, puisqu'ils ne dépassaient que rarement la taille d'une tête d'homme adulte.

Sans que nous y prenions garde, le soleil avait déjà passé le milieu de l'après-midi. Mes jambes me faisaient souffrir, de ma vie, je n'avais jamais autant marché. Nous étions entrés depuis longtemps dans la vallée d'émeraude. Une lande immense, seules les montagnes au loin, dont nous ne distinguions que les contours, en montraient la fin. Dans mon dos, la colline que nous avions gravie avec mon oncle quelques jours plus tôt.

Nous avancions au milieu des herbes vertes qui arrivaient à mes genoux. De temps en temps, un rongeur ou un petit animal filait à notre approche. La route était démesurément longue, mais très agréable. Nous avions convenu que si nous trouvions un cours d'eau, nous nous y arrêterions pour dîner et y passer la nuit.

Nous avions finalement atteint un cours d'eau, paisible, et au milieu des hautes herbes qui le bordaient, nous avions finalement trouvé une place de choix pour bivouaquer.

Le jour suivant, j'allais enfin savoir comment de simples plaquettes de bois avec des gribouillages pouvaient changer le monde.

Le lendemain matin, nous avions repris la route dès l'aube. Nous avons franchi sans difficulté le cours d'eau et entamé notre longue marche vers les montagnes. Dans la matinée, j'essayais de comprendre avec plus de finesse ce qu'étudiait cette étudiante.

> « Lors de ce voyage, nous allons indéniablement manquer de viande, tu sais que nous ne pouvions pas en emporter suffisamment, n'est-ce pas ? commença-t-elle.
>
> -Oui, je sais, d'ailleurs, mon oncle m'a appris à faire des pièges pour la chasse.
>
> Et si je te disais que j'ai un meilleur moyen d'attraper un animal ? »

Bien entendu, je trépignais d'impatience, elle le vit facilement et elle ne résistait plus à l'envie de faire une démonstration.

Nous étions tous les deux accroupis au milieu d'une plaine immense et verdoyante et seul le vent nous tenait compagnie. Elle sortait délicatement de son sac une des nombreuses plaquettes de bois. À l'aide d'une plume dont la pointe était aiguisée, elle traçait avec un grand soin sept points au centre de la plaquette avant de les relier l'un à l'autre.

L'un après l'autre, elle écrivait sur le bois les noms et les mots qu'on lui avait enseignés. Ensuite, elle la posait la plaquette contre ses lèvres et semblait lui murmurer quelques mots secrets. La plaquette commençait légèrement à fumer, puis elle noircit et, après quelques secondes, était complètement consumée.

Lux se relevait doucement, sans un bruit, en me faisant signe de l'imiter en silence.

Quelques secondes plus tard, un bruit, très lointain, nous parvenait du Sud. Lux semblait inquiète, troublée par le bruit de galop qui enflait. Car oui, maintenant, nous savions que c'était un galop.

Les pierres les plus petites commençaient à tressaillir, nous sentions sous nos pieds la vibration, un nuage de poussière s'élevait au loin. Lux me regardait, inquiète.

« Cours ! »

Sa voix avait déchiré l'air dans un vent de panique alors que le grondement sourd ne faisait qu'enfler. Nous nous étions alors plongés dans les hautes herbes, en direction de la montagne, et nous courions comme si nous voulions échapper au temps lui-même.

En un rien de temps, une harde de grands herbivores à quatre cornes longues et affûtées, à la robe brune et rousse, nous a rattrapés et dépassés en trombe.

Durant quelques secondes, plus longues que les minutes habituelles, j'étais à terre, roulé en boule, les yeux fermés et la tête dans les mains, ressentant chaque sabot frapper le sol à quelques centimètres de moi.

Après quelques instants durant lesquels je ne pouvais qu'attendre le coup fatal, le vacarme assourdissant de la harde allait en diminuant. Je cherchais à percer le rideau de poussière qui retombait, à la recherche de Lux. Peut-être avait-elle eu moins de chance que moi, je la cherchais, car je devais savoir, mais je ne voulais pas la voir. Si elle avait été piétinée, la vision de ce que la harde avait laissé d'elle sur son passage allait imprimer mon esprit pour le restant de mes jours.

« Je crois que je me suis trompée en écrivant mon sort. »

La main de Lux perçait le nuage de poussière au-dessus de moi. Elle avait repris ses esprits bien avant moi et me tendait la main pour m'aider à me relever.

Après avoir pris soin l'un de l'autre, cherchant plaie et blessure, elle m'expliquait les rouages de ce qu'elle faisait. Elle avait lancé un appel pour qu'un animal vienne à nous dans le but de nous nourrir. Son appel n'avait réellement que trop bien fonctionné.

Encore tremblants, nous reprenions le chemin des montagnes.

Notre course folle dans les hautes herbes et la distance parcourue durant la journée nous ont rapprochés des premières hauteurs.

Chapitre cinq : Les monts hurlants

La nuit se passait simplement, dans le silence le plus absolu. Lux avait essayé de comprendre ce qui avait dérapé dans le sortilège qu'elle avait lancé. Épuisé par notre journée atypique, alors que Sélène marmonnait sans fin autour du feu, je m'étais finalement assoupi.

Alors que la lune était haute dans le ciel, une bourrasque glaciale, venant des sommets de la montagne, emportait avec elle un hurlement terrifiant. Lux et moi avons été réveillés par ce cri si impressionnant que j'en frissonne encore aujourd'hui en y repensant.

Le feu n'était plus que braises mourantes. Le vent et les cris s'étaient éteints au même instant et nous n'entendions plus que les derniers morceaux de bois éclater à la chaleur du foyer. J'étais paralysé par la peur. Quelle créature fabuleuse et cauchemardesque pouvait avoir poussé ce hurlement terrifiant ? Lux avait dû remarquer ma détresse et elle s'était levée pour me rejoindre et me rassurer.

Finalement, je ne pouvais plus dormir après ce réveil. J'attendais péniblement que les dernières heures de la nuit s'égrainent enfin.

Aux premières lueurs du jour, nous avions déjà plié l'ensemble de nos affaires et nous étions prêts à reprendre la route. Lux n'avait aucune explication sur les hurlements terrifiants que nous avions entendus la nuit passée. J'étais le gardien, mais deux fois déjà, Lux m'avait vu flancher, paralysé par la peur, de jour et de nuit.

L'ascension des montagnes débutait assez facilement. Nous avions découvert d'anciens chemins chevriers ou de chasseurs qui nous permettaient de progresser facilement. Nous passions quelques heures a les arpenter avant de ne constater qu'aucun d'entre eux de franchissaient la face sud sur laquelle nous étions pour aller plus au Nord. Ce n'était pas vraiment étonnant, l'autre face des montagnes était directement limitrophe avec les régions maudites qui bordent la tour noire.

Nous avions étudié la partie que nous pouvions voir de la topographie de la montagne et avions conclu qu'il nous fallait deux jours pour franchir la frontière rocailleuse.

Notre route à travers la végétation épaisse de la montagne ne permettait pas d'avancer rapidement. Je devais lutter à chaque pas, à l'aide de mon épée pour nous ouvrir la route, jusqu'à un ruisseau auprès duquel nous avions choisi de prendre du repos.

Dans la vallée que nous avions laissée derrière nous, lorsque la nuit tombait, les sons semblaient palpables et relativement rares. Mais, dans cette forêt, les bruits et les mouvements semblaient se multiplier dès la tombée du jour. J'avais l'habitude des bruits. La maison de mon oncle donnait sur la falaise et chaque nuit je me laissais bercer par l'océan. Ici, les bruits étaient ceux des mouvements et des cris d'animaux ainsi que la menace du hurlement qui nous avait réveillés la veille.

Je priais pour que jamais on ne croise la chose capable de produire un son pareil.

Ce même soir, une fois de plus, le hurlement infernal et la bourrasque qui le portait nous avaient à nouveau réveillés. Il nous était impossible de trouver à nouveau le sommeil. Nous saviez qu'au matin, la route qui nous attendait était longue et périlleuse, mais bien qui nous avons convenu de dormir à tour de rôle, aucun d'entre nous ne se reposait vraiment.

Au coin du feu que Lux avait rallumé, elle relisait des notes relatives aux régions que nous traversions et cherchait quelle menace pouvait nous guetter. De mon côté, j'aiguisais mon épée. Elle n'avait servi que pour nous frayer un chemin à travers le maquis épais de cette montagne. Je ne saurais dire si j'avais hâte ou si j'étais terrifié à l'idée de devoir m'en servir. Peut-être était-ce un juste mélange des deux ?

Nous passions les dernières heures de la nuit, les plus froides et les plus noires, tous les deux dans cet état de veille. Dans un vieux manuscrit que Lux avait eu entre les mains, elle avait trouvé une référence aux montagnes que nous avions entrepris de franchir.

« Un érudit du siècle dernier avait entrepris ce voyage avec un Jianhuren, m'expliquait-elle. Ce manuscrit relate la vie et la mort de cet homme. Visiblement, il avait atteint un très haut niveau dans l'Ordre. Il était grand mestre et malgré son grand âge, il travaillait encore sur de nouvelles incantations. Apparemment, pour lui, une partie de l'énigme qu'il voulait résoudre se trouvait, selon ses termes, à l'ombre de la tour noire.

Il y a peut-être un indice sur la meilleure façon de traverser ces montagnes et rejoindre la tour alors. Tu as découvert quelque chose d'utile dans ces pages ?

En fait, c'est le dernier à avoir tenté ce voyage. Il est revenu après deux ans à la communauté, sous-alimentée, profondément choquée et sans son gardien. Il n'a plus jamais rien dit ni écrit après ce voyage. Il est mort quelques mois après son retour en emportant son secret.

Alors c'est à nous de nous montrer meilleurs que ceux qui nous ont précédés. »

Nous avions alors repris notre interminable marche à travers la végétation dense des montagnes, parfois à coup d'épée, parfois en utilisant nos tailles d'enfants pour passer sous les obstacles.

Chapitre six : Jianhuren l'oublié

Le creux dans lequel nous plongions en ce début de journée nous permettait de contempler notre objectif, la tour noire. Elle traçait une ligne verticale semblant fendre en deux le ciel et l'horizon. De l'endroit où nous étions, ce n'était qu'un fin et immense trait noir. L'impression de menace que j'avais ressentie à ce moment ne me quitterait plus jamais.

Les sommets des montagnes nous étaient cachés par les nuages et la brume. Nous essayions de progresser entre deux de ces montagnes imposantes qui semblaient surveiller notre marche pénible. Peu après notre pause déjeuner, nous commencions à entendre rouler un tonnerre lointain, une tempête était sur nos talons.

En milieu d'après-midi, les coups de tonnerre étaient si présents et proches que nous les sentions vibrer jusqu'aux os. Ma tante m'avait plusieurs fois recommandé de me mettre rapidement à l'abri en cas d'orage de montagne, ce sont les plus redoutables.

Nous avions réussi à rejoindre l'entrée d'une petite grotte qui faisait un parfait abri le temps que la tempête passe enfin. Nous n'étions qu'en milieu d'après-midi et il n'y avait pas plus de lumière qu'en pleine nuit.

Chaque coup de tonnerre résonnait dans la grotte si bien qu'il semblait venir des profondeurs de la terre et l'humidité saturait l'air que nous respirions. La pluie formait un rideau opaque à l'entrée.

Lux avait émis l'idée d'explorer la grotte, pour passer le temps. Nous n'avions aucune réserve de bois sec. Dans notre précipitation pour échapper à la colère de la nature nous avions oublié d'en récolter. Nous étions condamnés à attendre la fin de l'orage et de la nuit dans le froid et le noir. La seule chose que j'espérais était que cette grotte soit inhabitée.

Nous n'avons pas su quand la nuit était tombée, notre épuisement avait eu raison de nous, et le hurlement de notre sommeil. Cette fois-ci, nous étions au cœur du phénomène. La bourrasque était venue du fond de la grotte, nous avions senti les parois vibrer au son d'un grondement sourd, et une petite seconde après, entendu le hurlement terrible.

Nous étions dans la gueule d'une montagne qui hurlait à la lune si fort que je voyais une goutte de sang perler à l'oreille de Lux. Même le rideau de pluie opaque qui fermait l'entrée de la grotte depuis la fin d'après-midi était troublé par la force de la bourrasque et du hurlement, jusqu'au moment où, sans aucun signe avant-coureur, tout s'interrompit brusquement.

Le vent avait complètement stoppé, tout comme le hurlement. Nous n'entendions plus rien, ni la pluie que nous voyons tomber ni nos voix, bien que nos lèvres remuaient. Lux avait pris une feuille de vélin et une plume pour communiquer par écrit, mais à la forge, je n'avais jamais appris à lire. Toutes nos tentatives restaient veines pour échanger sur nos impressions.

Nous n'avions plus qu'à patienter en silence, dans les ténèbres et l'humidité de cette grotte qui semblait plus menaçante que jamais.

La pluie battante ne semblait pas diminuer et nous allions rester bloqués dans la grotte encore longtemps. Petit à petit, le bruit, encore ténu et timide de l'orage, se frayait un chemin jusqu'à mes oreilles. Il allait encore passer quelque temps avant que je n'en retrouve l'usage complet. Lux occupait son temps sur deux plaquettes de bois.

Comme mon ouïe semblait revenir, la sienne devait sans doute faire de même et je me risquais à communiquer. Des deux plaquettes, une devait servir à nous nourrir, l'autre à nous éclairer. J'étais plutôt inquiet qu'elle utilise à nouveau ses sortilèges, le dernier aurait pu nous coûter la vie.

Nous étions tombés d'accord après quelques instants d'une discussion plutôt intense. Nous allions, dans un premier temps, lancer le sort de lumière et partir explorer la grotte, après cela, et en fonction de nos réserves, nous lancerions celui qui devrait nous permettre de nous nourrir.

Elle a alors pris son temps pour terminer les quelques symboles qui finiraient d'orner la tablette de bois. Une fois fini, Lux lui murmurait les mots et la tablette se consuma comme la première. Notre précédente expérience m'avait fait faire quelques pas en arrière, mais cette fois-ci tout se déroula comme escompte.

À l'instant où la tablette finissait de se consumer, des centaines de petites lumières s'élevèrent lentement comme un vol de lucioles. La clarté inondait les parois lugubres de la grotte.

« Ce n'est pas vraiment ce à quoi je m'attendais. »

Lux semblait partagée entre l'étonnement et la déception, mais la lumière douce produite par les lucioles qui volaient autour de nous me satisfaisait pleinement. Nous ne voyons toujours pas le fond de la grotte, mais les lueurs me réchauffaient. Bien entendu, ce n'était qu'une vue de l'esprit, l'humidité et le froid perçaient toujours jusqu'à nos os.

Nous avions la lumière et du temps à perdre, plus rien ne nous empêchait d'explorer les ténèbres desquelles nous nous cachions plus tôt.

La grotte était bien plus profonde que ce à quoi nous nous attendions.

À chaque pas, les ténèbres reculaient et nous avancions entourer de la lumière des lucioles. Avant même de nous en rendre compte, le boyau de roche dans lequel nous nous enfoncions nous avait éloigné si bien de notre point de départ que nous ne voyions plus l'entrée. Seul l'écho de la pluie toujours battante nous parvenait.

Je marchais en tête, la pointe de mon épée reflétant les éclats des lucioles lorsque, après quelques minutes, un reflet brillant parvenant de l'obscurité nous fit nous arrêter net. La roche ne reflétant pas la lumière, il ne devait s'agir que d'un bout de métal. Soit nous avions trouvé trace d'autre passage, soit nous n'étions pas seuls.

« Qui va là ? » Lux avait lancé la phrase dans le vain espoir qu'une réponse lui parvienne, mais je savais que nous étions seuls dans ce trou. C'était le second jour où nous étions enfermés dans cette grotte et si quelqu'un était tapi là avant notre arrivée, il se serait déjà manifesté.

J'avais pris ce parti avant même qu'elle ne prenne la parole et j'avançais déjà. Les éclats verts faiblissaient, mais j'y voyais tout de même assez pour distinguer que nous n'étions pas les premiers à venir ici.

Le reflet venait d'une épée.

Elle était en grande partie rouillée et son propriétaire agrippait toujours la garde bien qu'il ne subsistait de lui plus des os et quelques lambeaux de vêtements.

Nous étions au fond de la grotte. Les lueurs faiblissantes des lucioles vertes de Lux nous permettaient à peine d'entrevoir la paroi. Je me hâtais d'utiliser le manteau de notre défunt voisin pour improviser un sac et transporter jusqu'à l'entrée de la grotte l'ensemble de nos découvertes.

Nous avons réussi à retrouver la lumière de l'entrée de la grotte avant que l'effet du charme ne se dissipe. Lux s'était rapidement installée pour travailler à nouveau sur le prochain charme qu'elle avait l'intention de lancer. Le bruit de la pluie incessante semblait lui permettre de se concentrer plus intensément sur sa petite plaquette de bois et les symboles dont les manuscrits étaient remplis. Quant à moi, je disposais de tout mon temps pour étudier nos trouvailles.

Les secrets de l'épée n'avaient pas résisté à un examen rapide. Certains des symboles que mon oncle et moi avions gravés sur mon épée étaient également présents sur celle de l'inconnu. « L'aube du gardien », l'épée que nous avions forgée avec mon oncle, avait visiblement une grande sœur. Celle-ci était si grande pour ma taille d'enfant qu'il s'agissait pour moi d'une arme à deux mains. Lux, qui avait appris à lire, a jeté un œil rapide à l'inscription de l'arme. Au-dessus de la garde, sur la lame, était gravé « l'âme du gardien ».

Oncle Aaron m'avait parlé de l'âme du gardien. Cette épée avait été forgée il y a très longtemps pour un gardien qui était le grand-père de mon grand-père. Nous avions découvert le gardien qui n'était jamais parvenu à revenir, celui qui avait accompagné le sage dont Lux m'avait parlé hier.

Nous venions de profaner la tombe d'un de mes ancêtres. J'étais déterminé à l'incinérer comme le commandaient nos rites sacrés une fois que la pluie s'arrêterait enfin de tomber. J'avais mis à profit le temps dont Lux avait besoin pour finir d'envelopper la momie de mon ancêtre dans ses vêtements.

Chapitre sept : la longue marche

Lux avait enfin réussi à lancer un charme dont elle pouvait être fière. Peu avant la tombée de la nuit, après des heures d'attentes durant lesquelles je m'exerçais au maniement de l'épée dans le boyau de roche de la grotte. Je m'étais mis à l'abri lorsqu'elle avait annoncé qu'elle était prête à le lancer. Je m'étais alors reculé de plusieurs pas dans la grotte, attendant qu'un danger inconnu surgisse à l'entrée.

Elle avait alors, comme les deux autres fois, fini d'inscrire les symboles sur la plaquette de bois, puis elle chuchota les mots et peu après la plaquette s'était consumée. Quelques instants plus tard, alors que j'étais en garde, la tête d'un animal que nous n'élevions pas au village était apparue à l'entrée de la grotte.

La bête mangeait de l'herbe, sa tête était pourvue d'une large bouche aux dents plates. Elle avait une corne unique sur le front, plus petite que mon poing et à la pointe arrondie. Ses yeux, deux de chaque côté de la tête, semblaient quatre grosses billes noires. Son pelage noir et brun ruisselait sous la pluie. Je découvrais cette créature en train de brouter à l'entrée de la grotte lorsque Lux la frappait d'un coup de « l'âme du gardien » que j'avais passé une partie de l'après-midi à aiguiser et restaurer. Elle ne trancha pas la tête d'une frappe, mais la bête était morte sur le coup.

Lorsque la créature broutait, elle avait exactement ma taille. Elle était bien plus lourde que moi et Lux m'a aidé à traîner le corps à l'abri pour que nous la dépecions.

Nous avions plus de viande qu'il nous en fallait, mais nous ne pouvions pas la cuire, l'humidité nous empêchait de faire le moindre feu. Lux, en bonne étudiante, avait de nombreux vélins qui devaient constituer plus tard les manuscrits de son voyage, nous avions choisi de l'utiliser pour envelopper et faire sécher une partie de la viande.

Nous nous étions également résignés à faire un repas de la chair crue et encore tiède de l'animal. La pluie avait diminué et j'avais l'espoir que nous ne resterions pas un jour de plus emprisonnés dans cette grotte.

La viande crue m'avait pesé sur l'estomac toute la nuit. Les heures noires étaient bien plus longues et plus pénibles que celles de la veille. La chose la plus rassurante était que l'intensité de la pluie allait toujours en diminuant, au point même que, dans le milieu de la matinée, nous pouvions reprendre la route.

J'avais réussi à rassembler assez de bois pour constituer un bûcher digne de mon ancêtre et Lux se penchait déjà sur la tablette de bois qui me permettrait d'allumer le feu. Elle avait placé la plaquette au cœur du tas de bois. Comme nous avions pris quelques mètres de recul, au cas où le charme opérerait bien, elle a dû dire les mots à haute voix cette fois-ci. Bien sûr, je n'ai absolument pas compris un traître mot de son incantation.

Une nouvelle fois, j'avais pu constater l'incommensurable puissance d'une magicienne apprentie. La plaquette s'enflamma rapidement, le bois du bûcher également et, en quelques secondes, la puissance de la tablette de bois exprimait son plein potentiel en explosant violemment. Nous avions été projetés à quelques mètres de l'endroit où nous nous trouvions et, une fois encore, nous étions parfaitement sourds.

Nous avions repris la route après nous être remis de l'explosion.

Nous étions encore à plusieurs jours de marche de la base de la tour. Le terrain était particulièrement accidenté. Le maquis, épais, drainait littéralement toute l'énergie que nous mettions dans chaque pas. La végétation humide trempait nos vêtements et permettait au froid du vent du nord de nous pénétrer jusqu'aux os. La terre sur laquelle nous marchions avait été rendue meuble par la pluie.

Lorsque le soleil frôlait l'horizon et se préparait à laisser la place à la nuit, il ne nous semblait pas avoir progressé de la journée. Les journées de marche faciles et paisibles de la plaine d'émeraude étaient derrière nous.

Nous avons cherché longtemps un autre abri comme la grotte de mon ancêtre pour y passer la nuit, mais en vain. Notre seule lueur de réconfort résidait dans quelques fines brindilles sèches que nous avons trouvées en chemin et qui, nous l'espérions, devaient nous permettre d'allumer un feu.

Il ne restait que quelques minutes avant que la nuit ne s'installe complètement sur les montagnes hurlantes. Nous avions réussi à trouver un petit coin un peu plus dégagé que les autres et nous avons installé nos sacs et nos quelques minces vêtements de rechange en couchages improvisés.

Pendant que Lux installait notre petit campement et retournait complètement nos sacs à la recherche des rouleaux de vélins contenant la viande, je m'évertuais à faire du feu. J'utilisais une technique que nous employions parfois à la forge lorsque les embruns de l'océan avaient trempé le bois, souvent au lendemain de tempêtes.

Dans un trou que j'avais creusé sur le plus gros et le plus plat des morceaux de bois que nous avions, j'appliquais une rapide friction avec une seconde petite branche séchée dont j'avais taillé la pointe. Je savais que cette technique me prendrait plusieurs minutes, mais cela n'avait pas vraiment d'importance puisque la seule alternative que nous avions était de nous en remettre à la Science des plaquettes de bois de Lux. Ni elle ni moi ne voulions de cette solution.

Comme je l'avais prévu, il avait fallu plusieurs minutes pour enfin démarrer le feu, mais une fois en route, celui-ci ne s'éteindrait que tard dans la nuit, lorsque nous ne l'alimenterions plus. J'avais installé le foyer du feu de camp dans un petit trou creusé à la hâte et tant sa chaleur que sa lumière, une fois la terre du trou chaude, étaient salvatrices.

Lux avait déjà préparé deux longs et fins morceaux de bois détrempés avec la viande qui constituait notre repas du soir, et, un peu à part du foyer, une longue pierre plate accueillait nos réserves. La viande qui séchait sur la pierre nous permettrait de survivre trois, peut-être quatre, jours si nous choisissions de nous rationner.

Cette nuit-là, alors que le froid qui perçait notre chair jusqu'aux os nous tenait réveillés, le terrible hurlement accompagné de la bourrasque venant du nord s'était à nouveau fait entendre.

Nous nous habituions à la peur, au froid et à l'humidité. Les gens s'habituent à tout ce qui leur est imposé, et, comme l'ensemble de nos semblables, nous ne faisions pas exception. Lorsque le hurlement avait enfin pris fin, Lux et moi sombrions enfin dans un sommeil profond.

Durant les jours qui suivirent, notre condition s'améliora progressivement. La terre séchait, les nuits semblaient plus chaudes et les journées plus longues. Lux était convaincue que l'Aube du Gardien recelait quelques mystères qu'elle essayait de découvrir chaque soir lorsque nous bivouaquions.

Le nom de l'épée avait été gravé sur la lame, au-dessus de la garde, mais la garde elle-même était gravée également. Les inscriptions qui l'ornaient semblaient hermétiques au savoir de Lux. Depuis quelques soirs, elle scrutait minutieusement chaque détail, cherchant des corrélations entre les informations de ses livres et celles de la garde.

Chaque jour, nous progressions, lentement, chaque soir, je préparais le repas issu de nos réserves ou de notre chasse et, chaque nuit, le hurlement ponctuait notre repos. Au fur et à mesure que nous nous enfoncions dans les montagnes, serpentant entre elles, la puissance de ce cri terrible augmentait.

Nous étions dans ce dédale montagneux depuis quatre jours lorsque nous prîmes à nouveau une grotte pour abri. Cette fois, il ne pleuvait pas, mais l'abri qu'elle nous offrait était bienvenu. Nous avions beaucoup de mal à progresser en raison de la végétation qui dressait tous les jours mètre après mètre, de véritables murs verts devant nous.

Chapitre huit : hurlements

C'est dans cette grotte qu'après quatre soirs d'études détaillées de la lame, Lux fit un pas en avant dans la compréhension de celle-ci.

« Jianhuren ? »

Elle était installée à l'entrée de la grotte. Ses cheveux, tombant de chaque côté de sa tête penchée en avant, formaient un rempart entre elle, ses pensées et le monde extérieur. Elle profitait, comme tous les soirs, des derniers moments de clarté que le feu offrait, pour étudier l'épée.

« Jianhuren, viens voir, je crois que j'ai découvert quelque chose. »

Je m'approchais d'elle. Elle passait et repassait ses doigts fins et très longs sur les parties de la garde, encore couvertes de rouille, qui bordaient de part et d'autre la lame. D'un des côtés de la garde, il y avait un petit trou, et, d'une pression du pouce, elle agrandissait le trou.

« Tu vois, Jianhuren, j'ai trouvé deux fentes ici, je crois qu'elles sont là pour recevoir des plaquettes de sorts.

Les plaquettes de bois ? Comment ça peut marcher ?

J'imagine que l'ancien avait conçu des sortilèges qui devaient accompagner l'épée de ton ancêtre. Si je ne me trompe pas, c'est une découverte fabuleuse. Les implications sont... Infinies ! »

À chaque mot qu'elle prononçait, à chaque idée, ses yeux brillaient plus intensément. Sa découverte la fascinait, elle semblait percevoir des possibilités infinies d'assemblage, et, pour chaque possibilité qu'elle entrevoyait, je craignais un nouvel accident qui pourrait nous tuer.

L'explosion qui avait résulté de la plaquette qui devait n'être qu'une flammèche aurait pu avoir des conséquences dramatiques.

Il m'avait fallu plusieurs minutes de discussions pour enfin la convaincre de ne pas faire d'essais avec l'« âme du gardien » et la Science avant qu'elle ne maîtrise complètement les rudiments de son art. Quant à moi, j'avais beaucoup de mal à me séparer de l'épée. Lorsqu'elle la prenait pour l'étudier, et bien qu'elle ne fût qu'à quelques mètres de moi, l'épée me manquait déjà.

Je ne sais pas si ce soir-là Lux avait connu la même chose, mais mes premiers rêves étaient peuplés d'un ancêtre valeureux, de combats épiques et d'une épée magique. Mes rêves furent interrompus par la brise, qui, comme tous les soirs, se changea rapidement en bourrasque.

Un grondement terrible, venu des entrailles de la Terre, précédait le terrible, mais désormais habituel hurlement. Cette fois, un détail n'échappa pas à notre vigilance. Nous avions préparé des bouchons pour nos oreilles, l'expérience précédente du hurlement dans une grotte nous avait enseigné qu'il ne fallait pas sous-estimer son impact. Le souffle et le hurlement arrivaient conjointement, mais pas de l'extérieur. C'était du fond de la grotte inexplorée qu'arrivait le bruit terrible.

Le vent qui annonçait la venue du hurlement bestial lui aussi arrivait des tréfonds de la Terre. Il était chargé d'odeur de mort et de putréfaction. Il empestait à tel point que nous ne pouvions plus attendre la fin du hurlement dans la grotte et nous en avions été chassés par l'odeur terrible. Le son terrible qui le suivait faisait paraître l'entrée de la grotte pour la gueule d'un animal inconnu et colossal qui nous menaçait.

Nous avions dû attendre hors de la grotte que le hurlement s'achève enfin.

Alors que je patientais, subissant l'assaut violent de ce son irréel, j'avais aperçu Lux qui, dans son coin, semblait occupée à préparer un de ses charmes sur une plaquette de bois.

Après les quelques secondes habituelles, le hurlement faiblit puis s'éteint totalement. Le silence régnait à nouveau sur les montagnes hurlantes. Je me retournais vers la jeune magicienne pour savoir ce qu'elle préparait, je reconnaissais quelques signes sur l'habituelle plaquette de bois, mais je n'arrivais toujours pas à les interpréter.

Elle m'avouait qu'elle avait compris aussi que le phénomène provenait du fond de la grotte et non pas de l'extérieur comme nous le pensions au départ. Elle avait préparé un sort de luciole pour la partie de nuit que nous avions encore à passer avant de pouvoir reprendre la route en toute sécurité.

Nous étions résolus à percer le mystère du hurlement cette nuit. Guidée par la lueur des lucioles de Lux, pas à pas, la grotte nous dévoilait ses secrets. J'ouvrais la marche, l' « aube du gardien » à la main, prête à fendre et à percer tout ce qui se présenterait devant nous. Le bruit des pas de Lux, juste derrière moi, avait quelque chose de rassurant. Je n'étais pas seul à m'enfoncer dans le boyau rocheux.

Nous n'avions parcouru que quelques mètres lorsqu'une brise légère, chargée de la même odeur âcre que la bourrasque qui avait accompagné le hurlement, nous parvenait. La lumière délicate des lucioles, après quelques minutes d'une marche prudente, nous révéla quelque chose de parfaitement inattendu.

Nous étions au fond de la grotte et nous ne pouvions pas aller plus loin, nous étions trop grands, malgré nos tailles d'enfants, pour passer parmi les petites ouvertures qui ornaient la paroi. J'avais compté une vingtaine de trous, dans les plus gros, je pouvais glisser mon poing, dans les plus petits, mon doigt. Tous ces trous dégageaient l'odeur fétide à laquelle nous nous étions désormais habitués, et tous, avec une force différente, laissaient passer un filet d'air.

Lux s'approcha à son tour des trous de la paroi, elle colla ses lèvres dans l'un d'eux, et souffla de toutes ses forces. Le bruit extrêmement dérangeant qui s'échappa alors de la paroi ne nous priverait plus jamais de sommeil, car si le souffle d'une enfant pouvait nous le faire entendre, n'importe quelle brise qui entre dans les grottes pouvait, en effet, produire un hurlement monstrueux.

Au lever du soleil, nous avions repris la route, le cœur léger, et, bien que de nombreuses choses restaient mystérieuses, le cri des montagnes hurlantes ne nous terrifiait plus. J'ai cédé à Lux. Depuis que nous l'avions trouvée, elle convoitait l'« Aube du gardien » afin de l'étudier, et, jusqu'ici, je ne la lui avais confiée que durant les pauses que nous faisions pour la nuit. Ce jour-là, je l'avais laissée porter l'épée, tant pour qu'elle l'étudie que pour me décharger de la charge qu'elle représentait. L'épée de mon ancêtre et la symbiose qu'elle représentait entre l'érudit et le gardien la fascinaient au plus haut point. D'ailleurs, elle a chuté trois fois avant de la ranger enfin dans ses affaires et de se concentrer sur le chemin que nous suivions.

Chapitre neuf : Deux lunes

Les jours passaient, nous nous frayions un chemin dans une végétation de plus en plus dense qui ralentissait notre progression. L'épais maquis avait fait place à une forêt si épaisse qu'en journée la lumière du soleil avait peu d'occasions de percer.

Nous avancions inéluctablement vers le bâtiment noir qui semblait se faire la sentinelle de notre odyssée.

Les jours et les nuits se suivaient et semblaient en tout point identiques. Une seule chose nous permettait encore de savoir que nous ne revivions pas en rêve la même journée, c'était la variation des repas et notre épuisement qui s'amplifiait.

« L'aube du gardien » s'émoussait un peu plus à chaque fois que j'en faisais usage pour dégager un chemin lorsque, très souvent, la végétation nous barrait la route. J'avais pris soin, sur les conseils de mon oncle, d'emporter du matériel pour rendre au fil de ma lame son tranchant original.

La lune avait accompli un cycle complet depuis notre départ et, au dîner, nous avions pris la décision de ne pas reprendre la route le lendemain. Depuis trois jours, et bien que nous ayons conservé notre cap, nous avions perdu de vue la tour Noire. Cette journée de repos devait nous permettre de regagner un peu d'énergie, contrôler et prendre soin de notre matériel, et, si Lux parvenait à en décoder la formule, lancer un charme qui atténuerait nos douleurs. Du moins, c'est ce que nous avions prévu.

Dès l'aube, Lux s'attelait à composer le charme qui nous permettrait de nous ressourcer un peu. Pendant ce temps, j'aiguisais le tranchant de ma lame. Il nous restait juste assez de viande séchée pour la journée et je devais refaire notre stock de provisions.

En fin de matinée, j'avais fini l'entretien de « l'aube du gardien » après m'être coupé tout de même quatre fois. Le bruit d'une rivière nous avait bercés toute la nuit et j'avais pris le parti d'y renouveler l'eau de nos gourdes.

Le cours d'eau serpentait entre les montagnes hurlantes depuis la tour noire vers laquelle nous nous dirigions. Je m'y étais rendu assez rapidement, guidé par le refrain lancinant de l'écoulement de l'eau. Je m'étais trompé sur la distance qui nous séparait du cours d'eau. Le son de ce dernier était grandement amplifié par la cavité dans laquelle il s'écoulait. Au fil des siècles, l'eau avait creusé inlassablement la terre et la roche et formait un lit pouvant accueillir sans problème un fleuve.

Bien entendu, je prenais alors toutes les précautions du monde en descendant vers la rivière.

Au moment où je finissais le remplissage de nos gourdes de peaux, une puissante détonation se faisait entendre. Je n'avais aucun doute, ça venait bien de notre campement.

Rapidement, et puisant dans les dernières forces qui me restaient, je retournais auprès de Lux. Quelle expérience avait-elle tentée, était-elle blessée, ou morte ?

Je me coupais et m'écorchais le visage et les mains en me frayant un chemin à travers les épaisses broussailles que j'avais contournées à l'aller. De petits bruits de gorge, aigus, se faisaient entendre, Lux semblait agonisante.

J'avais appris à mes dépens que les longues plaintes bruyantes n'étaient pas forcément significatives des plus grandes douleurs. Franchissant le dernier mur de ronces qui se dressait entre le campement et moi, je découvrais un spectacle auquel je ne m'attendais pas.

Nue, « L'âme du gardien » à la main, Lux dansait en riant autour de notre feu de camp. Elle décrivait de grands cercles avec la lame fumante de mon ancêtre. Elle était couverte de bleus et elle avait visiblement saigné, comme en témoignait le sang séché aux commissures des lèvres, sous son nez et dans les lobes de ses oreilles.

J'étais sous le choc du tableau absurde devant lequel je me trouvais, et, sans doute, plusieurs secondes se sont écoulées avant que je ne reprenne mes esprits.

J'hésitais à m'approcher d'elle, je voyais pour la première fois une personne du sexe opposé nue, elle avait visiblement subi un choc, et pouvait souffrir de blessures que je ne saurais guérir, et, enfin, elle pouvait me blesser gravement dans sa folie.

Il me fallait prendre une décision, je ne pouvais pas laisser Lux danser autour du feu jusqu'à ce qu'elle s'écroule, épuisée, les pieds en sang. Je patientais alors jusqu'à voir l'ouverture durant sa danse, chacune de ses révolutions autour du feu s'accompagnait d'un tour sur elle-même. C'est à ce moment-là que j'agis. Appuyé sur mes jambes, je me propulsais, les bras écartés du corps, afin de protéger sa tête du choc qui allait suivre.

Heureuse initiative, le choc avait été terrible. Ma main avait amorti sa tête qui aurait heurté une pierre. Le choc et la douleur se faisaient sentir, je sentais les battements de mon cœur dans ma main qui me brûlait. Lux semblait endormie. Son ventre se gonflait à chacune de ses inspirations, elle vivrait encore un peu.

J'avais pris soin de l'attacher et la couvrir avant de retourner à la rivière finir de remplir les gourdes que j'y avais laissées.

En revenant au camp, et, aussi pénible qu'ait pu être ma tâche avec cette main qui me faisait toujours souffrir, la fatigue, la malnutrition et le sommeil commencèrent à avoir raison de ma détermination. Voyant que Lux était toujours là où je l'avais laissée, attachée et couverte non loin du feu, je m'installais dans mon couchage et laissais le sommeil enfin triompher.

Les divers bruits de la forêt retenaient ma conscience et m'interdisaient un sommeil profond et réparateur. Lorsqu'au milieu de la nuit je me décidais enfin à ouvrir les yeux, ma position m'offrait alors un spectacle des plus incroyable. La tour noire qui s'élevait sans fin vers le ciel passait exactement au milieu de la lune et donnait l'illusion que celle-ci était coupée en deux en son centre. Deux lunes, si on peut dire, veillaient sur moi cette nuit.

Lux dormait toujours alors que le soleil avant atteint le zénith. Je m'assurais régulièrement qu'elle ne cesse de respirer. Durant la matinée, je nous ai trouvé de quoi déjeuner, au cas où elle venait à se réveiller. En milieu de matinée, j'avais rassemblé suffisamment de nourriture pour nos deux prochains repas, et j'essayais alors de comprendre ce qui avait pu ce passé la veille.

Des éclats de bois, dû sans doute à une plaquette de sorts, étaient restés enchâssés dans la garde de l'épée antique. Malheureusement, mon incompétence dans ce domaine ne me permettait pas d'aller plus loin dans mes recherches. Ces livres étaient remplis de signes qui ne signifiaient absolument rien pour moi.

Lux ne se réveillait toujours pas. Je passais le reste de cette journée à m'occuper de notre matériel.

Je passais une nouvelle nuit sous le regard des deux lunes, cette fois-ci plus paisible. À l'aube, du mouvement sous les couvertures de Lux retenait toute mon attention. Elle se réveillait enfin.

Je me précipitais à ses côtés.

Elle avait repris connaissance, mais balbutiait des choses incohérentes à propos d'une truie venue du chaos. Physiquement elle allait étonnamment bien, seulement elle était dans un tel état nerveux que je ne pouvais pas choisir pour le moment de défaire ses liens.

Il lui a fallu quelques minutes pour retrouver le contrôle de ses nerfs, puis quelques heures pour enfin retrouver ses esprits.

> « -J'ai...j'ai essayé de réaliser une plaquette de sorts de rémanence, dans le but d'accéder aux souvenirs de l'arme, ce mit elle a expliqué. Je ne sais pas ce qui s'est passé, j'ai fait ce sort de nombreuses fois, c'est d'ailleurs sans doute le seul que je sache réaliser à la perfection, mais....
>
> -Stop, l'interrompis-je. Prends ton temps, mange ce que j'ai préparé, tu auras le temps de rassembler tes idées, nous ne partons que demain. »

Elle avait un bon appétit. Son début d'explication tournait sans fin comme un soliloque obsédant dans ma tête. Elle était seule au camp à essayer de comprendre ce qu'il s'était passé, quant à moi, alors que je fouillais les bois à la recherche de fruits et de racines à emporter demain, je pensais aux mots qu'elle avait dit durant ses délires, et j'essayais en vain de leur trouver un sens.

Nous avions passé le reste de la journée dans le silence le plus complet, elle, occupée à enquêter sur l'incident, et moi, charger de préparer au mieux notre prochaine journée de route.

Nous dînions en silence lorsqu'elle choisit enfin de partager ses réflexions.

«   Le sort que j'ai essayé sur l'épée, c'est un sort qui permet de capter les échos du passé. En gros, ça permet de voir en partie le passé d'un objet ou d'un lieu.

-    C'est le sort qui a mal tourné alors ? demandais-je.

-Non, en fait, je crois qu'il a fonctionné au-delà de tout espoir. C'est un sort que j'ai moi-même inventé, c'est pourquoi c'est moi qui ai été envoyée à la tour. Cet endroit a toujours été un objet d'étude pour les matriarches. Lorsque je suis entré dans l'ordre, elles ont rapidement compris que j'avais certaines dispositions et j'ai été formée par la mère archiviste. Dans le cloître, il y a différents secteurs, dont un consacré aux archives, tout ce qui concerne la Science depuis la nuit des temps, plus de mille ans d'histoire y est entreposé. J'ai donc commencé à étudier, compiler les données, mais tout ceci ne faisait qu'échos aux travaux déjà effectués par les autres archivistes. La seule différence, c'est que j'ai compris une chose, elles détenaient l'ensemble des connaissances des Sciences étranges de toutes les terres de l'ouest sans pour autant ne jamais s'en servir. Je me suis mis à faire des expériences, le soir, j'empruntais les ouvrages utiles pour mettre au point un sort qui nous permettrait de savoir avec plus d'exactitude les faits qui se sont produits au-delà des rapports, ouvrages, et expériences que nous compilions. Je n'avais reçu que la formation la plus basique concernant l'art des Sciences étranges, mais en moins de deux ans, j'avais percé le secret. J'ai trouvé les signes et l'essence de bois qui sont nécessaires. J'ai fait l'essai sur le rapport d'une érudite qui travaillait à des sorts pour faire pousser les plantes d'un jardin avec plus d'harmonie. Son rapport nous détaillait la croissance rapide d'une longue liste de plantes aux utilisations variées, mais, avec le sort, j'étais avec elle dans le jardin. Toutes ses plantes aromatiques grandissaient à vue d'œil, remplissant l'air d'un mélange de parfums incroyables, offrant toutes au soleil et à notre vue, des fleurs de milliers de couleurs différentes, aucun rapport n'aurait jamais pu rendre justice à la beauté et la puissance de cette plaquette de sort. Lorsque je rapportais cela à la mère archiviste, elle a immédiatement demandé au conclave des matriarches de se réunir. Non seulement celles de notre cloître, mais aussi celles des deux autres cloîtres. Lors du conclave, un certain talent m'a été reconnu, j'ai fait la démonstration du sort de mémoire, et d'autres sœurs l'ont fait également. Deux choses sont principalement à retenir du conclave, je suis visiblement la seule à pouvoir utiliser mon sort, peu importe l'autre chose.

- Et cette fois, le sort t'a fait voir autre chose, je suppose, par ce que tes propos étaient complètement incohérent.

- Je ne sais pas ce que j'ai vraiment vu, reprit '-elle après une pause. Lorsque j'ai mis la plaquette dans l'emplacement de l'épée et que j'ai dit les mots, les premières secondes étaient claires, normales, je voyais l'érudite qui voyageait avec le gardien. Ils ont atteint la tour en quelques jours à peine, ils voyageaient bien plus vite que nous deux, mais ils étaient adultes. Lorsqu'ils sont parvenus à la tour, quelque chose s'est produit avec un sort que l'érudite a lancé grâce à l'épée. Elle voulait, d'après ce que j'ai compris, parler avec le peuple qui avait bâti la tour, il y a bien des éons.

-Et ce sort a échoué ?

- Justement, c'est là tout le problème, je ne suis pas sûr qu'il ait échoué, mais la chose qui était apparue pour parler avec l'érudite n'était pas humaine. Le sort a ouvert une sorte de brèche, j'ai pu sentir la surprise et la terreur de la magicienne. Elle n'attendait qu'une voix et la chose qui à surgit, immense, pâle et extrêmement hostile a commencé à fendre l'air de plusieurs membres longs et squelettiques. Son gardien a juste eu le temps de reprendre son arme pour stopper l'attaque de la créature. Le gardien était grand et fort, ils avaient partagé de nombreuses aventures déjà, et lui n'avait jamais connu la défaite. Je le voyais avec les yeux de l'érudite, il était très fort et même souvent très brutal lorsqu'il avait un combat à mener. Il était ce qu'elle connaissait de plus fort après les tempêtes. Lorsqu'il s'est interposé, il a été jeté à terre comme une poupée de chiffon. L'érudite a pu refermer la brèche en rompant le sort, mais le gardien était mourant. Ils ont pu revenir jusqu'à la grotte dans laquelle nous avons trouvé les restes de ton ancêtre. Il y était mort, et, l'érudite, quant à elle, n'avait pas réussi à briser complètement le lien avec la créature. Celle-ci a commencé à lui parler dans sa tête, mais pas comme nous parlons tous deux, avec des mots, elle lui envoyait des flots de pensées terribles, des morts, des combats, des peuples entiers dans d'incroyables cités de pierres et de verres, ravagées, détruites. La créature lui a montré une chose encore bien pire, mais peu importe. Voilà ce qui s'est passé exactement lorsque la plaquette qui me laissait connaître le passé a explosé.

- Peu importe ? Pardon, mais, même si je vais déjà avoir un mal fou a comprendre tout ça, la fin m'intéresse aussi, qu'est-ce que l'érudite a vue ? Qu'est-ce qui se cachait derrière ces images ?

- Puisque tu veux vraiment le savoir, les monstres pâles protégeaient les tours, et dans les tours, dorment des choses, faites d'ombres mouvantes, et, ces démons d'ombre ont appelé un dieu. C'est ce dieu, la créature le voyait comme un berger d'étoiles, ou plutôt, un architecte, c'est ce dieu qui a anéanti les civilisations qui habitaient les immenses cités. Après avoir balayé tout cela d'un geste, il a ensuite changé la face du monde, donnant l'intelligence des hommes à d'autres. Il laissait cependant avant de partir une île qu'il tira à l'ouest des terres peuplées uniquement d'humains afin de leur laisser une seconde chance. Nous sommes leurs héritiers.

- D'accord, et c'est ça que tu voulais balayer d'un simple « peu importe » ? Non, tu viens de l'inventer, bon, peu importe, comme tu dis, allons-nous couché, tu me raconteras un nouveau conte demain soir pour m'endormir. »

Ma remarque semblait l'avoir réellement touché. Je retrouvais ma couverture avec quelques remords, le choc sur sa tête avait dû être bien plus fort que ce que je pensais. Bien que ma main me fasse toujours souffrir, elle n'avait peut-être pas assez amorti le choc.

Cette nuit-là, les bruits de la forêt semblaient s'être tus. Le silence était pesant, assourdissant, mes pensées et mes réflexions se perdaient dans le vide de la nuit sans pour autant donner un sens à ce qu'avait raconté Lux. Nous semblions maudits, le sommeil nous fuyait. Je pouvais presque entendre ses pensées, elle se posait sans doute les mêmes questions que moi, était-elle devenue folle ? À-t -elle vu le passé ou l'avenir ? Qu'ont vraiment vu ceux qui nous ont précédés ?

Chapitre dix : L'ombre de la tour noire

En dehors des politesses les plus élémentaires, Lux et moi ne nous sommes rien dit de la matinée, elle devait, tout comme moi, ressasser notre conversation. Nous avions repris notre route et progressions lentement. La tour n'était pas très loin.

Une fois sur le seuil de l'édifice, certains nouveaux mystères et certaines nouvelles questions seraient soulevés et viendraient sans aucun doute s'ajouter aux questions que l'écho du passé, comme l'appelait Lux, avait déjà mises au jour.

Nous progressions timidement, constatant qu'à chaque pas, les divers bruits naturels de la forêt s'estompaient peu à peu, comme le souvenir d'un rêve au réveil. Les chants d'oiseaux, la cavalcade de petits mammifères et le vent dans les feuilles, tous ces bruits nous ayant accompagné jusqu'ici avaient été remplacés par un silence qui n'était pas naturel. À la fin de la journée, les seuls sons parvenant à nos oreilles étaient les bruits de nos propres pas.

Lux avait fait quelques recherches avant d'entreprendre son voyage et elle savait qu'une immense clairière bordait la tour. L'écho du passé avait également confirmé la présence de cette clairière, celle-là même où c'était produit la conversation avec le monstre blanc. Pour ne prendre aucun risque, nous avions choisi de passer la nuit en bordure de cette même clairière.

La pénombre de la nuit gagnait sur le jour lorsque nous sortions enfin du bois pour nous retrouver enfin dans la clairière, au pied de l'édifice séculaire. La tour se dressait devant nous, imposante, silencieuse, semblant dominée le monde. Sa base était moins grande que ce à quoi je m'attendais.

Sa présence même était quelque chose d'inconcevable. La clairière semblait dessiner un cercle parfait dont la tour noire était le centre exact.

«   Combien de siècles contemplons-nous ? Lux brisait le silence. Aucun édifice n'est aussi grand que celui-ci, en tout cas, aucun que je ne connaisse ou qui ne soit connu des sœurs et mères érudites. Par quel miracle survit-il aux vents, aux tempêtes et à toutes autres forces que la nature pourrait avoir jetées sur lui ? »

Je ne pouvais plus bouger, l'impressionnant bâtiment semblait nous observer avec la même curiosité et la même intensité que celle avec laquelle nous l'observions. Quelques nuages nous dissimulaient le haut de la tour, si cette tour avait une fin. Elle semblait s'élever jusqu'à percer le ciel.

«Finalement, je crois que nous ne devrions pas dormir trop près de la tour, retournons sur nos pas pour passer la nuit dans la forêt. » Ces quelques mots que je venais de prononcer étaient les premiers qui franchissaient mes lèvres depuis de nombreuses heures.

Lux approuvait mon choix prudent. Nous avions rebroussé chemin de quelques centaines de mètres pour dresser notre camp pour la nuit. Nous nous enfermions à chaque fois dans la même petite routine au moment de bivouaquer. Je m'occupais de ramasser le bois pour le feu alors que Lux déballait ce qui constituerait notre repas après avoir préparé une plaquette de sort destinée à démarrer le feu sans le moindre effort.

Il y avait un ruisseau à proximité où j'avais également été puiser de l'eau pour remplir aux maximums nos réserves.

Nous ne savions pas à quoi nous attendre lors de notre exploration. Nous devions constituer des réserves pour plusieurs jours.

Le feu crépitait, la nuit c'était installé depuis déjà un moment et nous dînions paisiblement, échangeant de folles théories, farfelues, drôles ou terrifiantes, sur ce qui nous attendait de l'autre côté du seuil de la tour.

Cette nuit, nous ne nous attendions pas à dormir de façon paisible et réparatrice. Mon sommeil n'était troublé ni par les bruits naturels de la forêt ni par quelques soucis de la journée à venir, car il adviendrait ce qu'il adviendrait et nous ne pourrions rien y faire, sinon nous y préparer, pourtant, malgré le silence et la fatigue, nous ne dormions pas.

Nous avions sans doute été rattrapés par le sommeil durant la nuit et nous nous étions réveillés à l'ombre de la tour, dans les bois, et nous n'avions donc aucune idée du temps de cette journée qui nous avait déjà échappé. Nous avions pris une collation rapide avant de remballer rapidement nos affaires et en quelques dizaines de minutes, nous étions de nouveau devant la clairière.

Nous n'avions pas encore une seule fois vu le soleil.

L'ombre de la tour nous dissimulait sa lumière. Lux avait fait une pause, elle préparait avec soin trois plaquettes de sort. L'une était destinée à l'Âme du Gardien, le sort inscrit devait rendre à l'arme, selon Lux « sa gloire d'antan », la seconde plaquette était destinée à ses recherches, au seuil de la tour, elle devait apercevoir le passé de celle-ci. Elle ne voulut pas cependant me révéler l'utilité de la troisième plaquette.

Nous avancions lentement vers la tour. La pierre dont était fait l'édifice était d'un noir que nous n'avions jamais vu ailleurs. Quelques éclats de lumière orphelins se reflétaient sur les arrêtes de certaines des pierres légèrement déchaussées qui formaient le seuil. Je balayais régulièrement la clairière du regard, de gauche à droite, devant et derrière, rien ne bougeait.

Plus nous approchions du seuil de l'édifice, plus ce dernier semblait lointain. Les derniers pas à faire dans la clairière avant d'atteindre les premières pierres faisaient naître en nous certains doutes injustifiés et une peur jusqu'alors discrète s'invitait dans notre compagnie. Du coin de l'œil, je pouvais voir la main de Lux qui tenait son livre tremblait.

Je n'avais pas de commentaire à faire et rien à dire, ma main, celle qui tenait l'âme du gardien, tremblait autant, sinon plus, que celle de Lux. Jusqu'ici, nous avions progressé de front, mais à quelques mètres de la tour, ni ma compagne de voyage ni moi n'osions avancer.

« Bon, si on reste là tous les deux, on sera venus pour rien, reste là et surveille qu'il ne se passe rien de… bizarre. »

Lux disait vrai. Je l'observais alors qu'elle parcourait les derniers mètres nous séparant de la tour. Elle tremblait toujours autant, mais sa détermination prenait la relève alors que son courage et la chaleur de son sang semblaient s'être dérobés. D'ailleurs, lorsqu'elle franchit le seuil de pierres noires et luisantes, vierges de toute mousse, la chaleur semblait s'être dérobée de partout et je tremblais de plus belle.

Lux me tournait le dos, mais je la savais en train de préparer le rituel pour lequel nous avions parcouru tant de lieux. Elle n'arrivait pas, malgré sa conviction, à dominer ses nerfs. En quelques secondes, elle avait déjà fait tomber trois fois la plaquette sur laquelle était gravé le sort.

À ce moment, concentré uniquement sur ma compagne de voyage, j'en oubliais ma peur et les chimères qui peuplaient mon imagination et qui m'avaient jusque-là tétanisé. Je ne tremblais plus en rengainant mon épée au fourreau. Lentement, je fis le tour de l'érudite.

Elle balayait de son regard la pièce, ou plutôt l'obscurité. La tour n'avait pas de fenêtre et, quelques mètres seulement après le seuil, c'était le règne des ténèbres et de l'obscurité. En soi, chacun le sait, l'absence de lumière, la nuit et la pénombre n'ont jamais porté atteinte à l'intégrité de qui que ce soit. Ce que nous redoutons tous par-dessus tout, c'est bien entendu ce que cette obscurité peut dissimuler. Je pense que c'est à cet instant de ma vie que j'affrontais pour la dernière fois la peur la plus primitive de l'humanité, la peur du noir.

Lux tressaillit, lâchant le matériel qu'elle avait à la main et son hurlement rebondit sur les pierres de la tour jusqu'à le rendre assourdissant.

« Doucement, calme-toi, ce n'est que moi. »

Je venais de poser mes mains sur les siennes pour lui donner un peu du courage que je venais de trouver. Sa frayeur enfin passée, elle retrouvait rapidement ses esprits.

Les quelques rayons de lumières qui passaient le seuil de la tour devenaient de plus en plus timides, faisant baisser la luminosité et rendaient plus ardue la tâche de Lux.

« Retourne te placer derrière moi, je vais procéder. »

Lux ne tremblait plus, sa voix était posée et emprunte d'une fermeté et d'une confiance que je ne lui connaissais pas. Avec ces quelques mots, elle avait réussi à me rassurer à son tour. Je ne faisais jusqu'alors que masquer ma peur, je venais de le comprendre enfin.

Le chuchotement de la magicienne parvenait enfin à mes oreilles. La petite flamme qui consumait le bois de la plaquette et qu'elle soufflait aussitôt m'avait permis de jeter un œil dans le vaste hall d'entrée de la tour.

J'en déduisais alors que je ne pouvais plus me fier à mes sens, sans doute émoussés par mon état de nerf. Le hall semblait immense et profond, si grand que j'avais eu toutes les peines du monde à en deviner les murs. Si je pensais que mes sens n'étaient plus fiables, c'est qu'à ce moment, l'intérieur de la tour qui semblait immense et profonde n'avait aucune mesure commune avec l'extérieur de l'édifice. Le hall semblait deux fois plus vaste que l'extérieur et, étrangement, pour une construction de cette forme, il n'y avait qu'un seul escalier vers lequel progresser, mais celui-ci descendait vers d'infinies profondeurs au lieu de monter. Cette tour avait-elle seulement un sommet ?

Je ne savais pas combien de temps ces quelques pensées m'obsédèrent, mais sans doute bien plus qu'il n'aurait fallu. C'est le contact de la main de Lux sur mon épaule qui brisait alors le court de ces étranges idées.

« Partons »

Lux affichait le sourire déçu et contrit que je n'avais vu se peindre sur quelques visages qu'à une seule occasion, lors des funérailles de mes parents. Nous sommes sortis de la tour sans plus attendre.

Dehors, le jour avait fait place à la nuit.

Chapitre onze : embuscade

Une fois revenus à notre bivouac, Lux et moi étions parvenus à la même conclusion, les quelques minutes que nous avions passé dans la tour ne justifiaient pas que le soleil se soit couché.

Durant le dîner, Lux semblait absorbée par ses pensées. Je n'osais pas rompre le silence qui s'était installé depuis notre retour au camp. Il y eut tout de même un instant durant lequel elle semblait comprendre quelque chose, mais elle ne m'en fît jamais fait part. Peut-être, de par mon éducation et ma culture, ne pouvais-je moi-même pas comprendre ?

« Jianhuren ? Lux rompait enfin le silence. Jian, nous devons rejoindre le cloître et les sœurs au plus vite, tous les deux, ce que j'ai vu … J'ai besoin d'aide pour interpréter cela, mais c'est si lourd de conséquences. Accompagne-moi.

-Tu n'as pas besoin de me le demander, mon oncle a été clair, je suis ici pour veiller sur toi, et je le ferai jusqu'à ce que tu rentres chez toi. D'ailleurs, depuis que nous sommes sortis de la tour, je me sens comme observé. Plus question que nous restions hors de portée de voix l'un de l'autre.

-Merci, demain, dès que les premiers rayons du soleil seront là, nous prendrons la route. »

Je continuais à lui poser quelques questions, mais elle soutenait que les réponses à ces dernières seraient au cloître des sœurs érudites, elle ne savait pas formuler les réponses qu'elle avait obtenues.

Nous n'étions pas seuls, cette impression ne me quittait désormais plus du tout. Je n'avais pas pu trouver le sommeil de la nuit, cette sensation et son cortège de sentiments d'insécurité m'avaient interdit tout repos.

Au matin, mes yeux semblaient ne plus obéir et se fermaient seuls. La fatigue m'avait rattrapé alors que Lux semblait lentement se réveiller. La journée allait être longue.

Tandis que nous prenions notre petit déjeuner, je lui faisais part de mes sentiments. Elle aussi avait eu cette impression. Nous avions donc convenu, peu avant de repartir, que nous ne dormirons qu'à tour de rôle, en prenant sur le temps de voyage, un peu le matin et un peu le soir, nous pourrions rester alerte en n'augmentant que très peu notre temps de retour.

La journée avançant, nous progressions plus vite que prévu. Notre premier passage avait réparé avec efficacité notre retour.

À la fin de ce premier après-midi de retour, nous étions déjà sur le point d'atteindre les montagnes hurlantes. Je n'avançais plus qu'en devinant les obstacles et Lux, devinant mon épuisement, proposaient que nous nous arrêtions pour la nuit. Nous échangions tous les deux sur cette impression d'être suivis et observer, impression qui se muait au fil des heures en certitude absolue. Nous n'étions pas seuls à effectuer le voyage de retour. Notre sentiment atteindrait sans doute son paroxysme dans la nuit, lorsque toutes les créatures et les bruits de la forêt allaient entrer en mouvement.

Malgré tous mes efforts pour rester éveillé, je m'endormais rapidement, avant même que nous n'ayons dîné. Il était prévu que Lux me réveille au milieu de la nuit, mais c'était les premières lueurs du jour qui me tiraient de mon sommeil. Je trouvais Lux endormie sur le tronc qui lui avait servi de siège durant la nuit. Visiblement le sentiment qui nous hantait tous deux depuis la tour avait bien moins de prise sur elle que sur moi, à moins qu'elle n'ait les nerfs plus solides que moi.

L'impression, toujours celle d'être sous le regard d'un prédateur, surveillant nos moindres gestes, étudiants nos postures, prêtes à bondir. Nous ne nous étions pas attardés pour déjeuner et mangions en marchant quelques restes de racines bouillies de la veille. Je regrettais plus que jamais les plats préparés avec amour par ma tante.

La seconde journée de notre voyage de retour se passait aux monts hurlants. Le son terrifiant de la terre qui semblait se réveiller ne passait désormais plus qu'au second plan pour deux raisons, nous avions découvert l'origine de ce son, et, ensuite, le danger silencieux qui semblait nous suivre depuis la tour était plus obsédant. Il m'arrivait parfois de tourner la tête sans ralentir afin de surprendre un éventuel poursuivant, mais en vain.

En fin d'après-midi, Lux commençait à ralentir sensiblement son rythme. Nous avions dépassé depuis quelque temps déjà le camp de l'incident avec l'épée et la Science de Lux. Je choisissais de profiter des derniers rayons de soleil pour descendre jusqu'à la rivière toute proche afin de remplir nos gourdes.

La rivière couvrait déjà une partie des bruits normaux de la forêt. Je sentais malgré tout que je n'étais pas seul.

C'est une faculté bien étrange que nous avons là, le fait de savoir lorsque quelqu'un ou quelque chose nous observe alors que nous n'avons visiblement aucun moyen de le savoir. Quelles expériences terribles ont dû connaître nos prédécesseurs les plus anciens pour qu'un tel don soit entériné si profondément dans une espèce entière ? Peut-être bien la même que celle que nous vivions Lux et moi depuis bientôt trois longs jours. Être observé, chassé, traqué par une indicible menace dans une épaisse forêt peut réveiller en chacun de nous les instincts les plus impitoyables.

C'était ce genre de réflexions qui m'accompagnaient à la rivière, alors que je faisais soudainement volte-face. L'éclair de lumière et le bruit de tonnerre de l'explosion produite par la tablette de Lux que j'avais laissés tombé un peu plus tôt m'avaient immédiatement tiré de mes réflexions.

Le piège que nous avions imaginé un peu plus tôt dans la journée venait de fonctionner. J'étais le plus faible d'entre nous, bien que je doive, normalement, protéger Lux, nos différences d'âge et de taille faisaient qu'elle me dominerait sans doute à armes égales. J'en déduisais donc qu'un observateur, hostile ou non, arriverait sans doute à la même conclusion, et que si nous nous séparions, je serais celui qu'il suivrait.

Plus tôt dans l'après-midi, Lux avait préparé en toute discrétion une tablette magique qui aurait dû stopper net ce qui était sur nos traces. En effet, la tablette devait produire une vague de froid très intense et localisé, mais au lieu de cela, c'était une prodigieuse explosion qui avait enfin mis un terme à cette poursuite.

Au moment de la détonation tant attendue, je faisais demi-tour sur-le-champ afin de découvrir la nature de notre poursuivant. Je tirais mon épée sur les quelques pas qui me séparaient encore de notre proie et m'apprêtais à fendre en deux de haut en bas ce que nous avions capturé. Je pensais également à la viande de cette créature qui nous ferait un repas comme nous n'en avions pas eu depuis plusieurs jours. À l'instant d'abattre ma lame sur ce qui ne semblait être plus qu'un amas de poils blancs, noirs et rouges, celui-ci se mis en mouvement avec une grâce et une vitesse semblable à rien que je ne connaissais.

La lame de l'Aube du Gardien avait stoppé sa course à mi-chemin, bien avant de heurter sa cible, arrêtée net par un bâton que cette chose tenait désormais levé au niveau de son visage. D'un geste, qui semblait sans effort pour la chose, il me repoussait, tout en se redressant sur ses jambes. Mon dos avait heurté durement le sol derrière moi et j'étais à présent largement dominé par notre proie.

La chose qui me maintenait plaqué au sol sans effort avec le bout de son bâton était colossale. Jamais je n'avais rien vu d'aussi grand, mais mes yeux d'enfants et ma position allongée faussaient sans doute la vision qui ébranlait désormais mes nerfs et mon sang-froid. Ce que je voyais était entièrement couvert de poils blancs et noirs, avec, çà et là, des taches rouges, ces dernières provenant uniquement des blessures que notre piège venait de lui provoquer.

Il s'agissait sans aucun doute d'autre chose qu'un homme, et bien que ces traits étaient ceux d'animaux, il se tenait debout, sur les pattes arrière, un bâton long à sa main droite, qui lui servait à me tenir en respect. Son regard brillait d'une certaine intelligence, alors que les crocs imposants que sa gueule entrouverte laissait entrevoir trahissaient une morphologie taillée pour chasser et dévorer de la viande.

Sur toutes les îles connues et explorées par les hommes, dans tous les récits que j'ai pu entendre lorsque j'étais chez mon oncle, jamais je n'ai entendu d'histoire parlant d'une si grande bête.

Alors que j'étais en train de mémoriser les incroyables détails de la morphologie de notre poursuivant, celui-ci se redressait d'un bond, s'aidant de sa queue pour récupérer son bâton qu'il avait lâché au moment de tomber dans notre piège.

D'un geste ample et gracieux, hypnotisant même, la terrible bête, me désarmait et m'envoyait à sa place. Avant même que mon esprit n'ait vu le danger et le besoin d'esquiver, je sentais le choc sec entre le sol et mon dos. Nos positions étaient désormais inversées, lui, me dominant et me menaçant du bout de son bâton de combat et moi, au sol, évaluant mes chances de reprendre le contrôle. Le problème, cependant, restait le même, les chances de retourner la situation à nouveau en ma faveur dépendaient directement de la vigilance de mon adversaire. Celui-ci me dominait largement, en taille, en force, en vitesse, la seule chose que je pouvais faire était d'admettre ma défaite, mais je ne pouvais pas m'y résigner.

N'écoutant que ma fierté, je me lançais à l'assaut de cette montagne de poils et de muscles qui me dominait, en vain, ça va de soi. D'une simple poussée du bout de son bâton de bois lisse, il s'assurait que mes tentatives d'assaut ne se limitent qu'à soulever légèrement mon arrière-train du sol avant qu'il ne m'y renvoie.

L'inextricable situation dans laquelle je m'étais mis semblait ne pas avoir d'issue. Un détail me frappait pourtant, l'oreille gauche, longue et pointue, pivotait et semblait écouter un son à elle seule perceptible venant de derrière le monstre. Comme je n'entendais rien, mes sens, pourtant tournés vers mon opposant, cherchaient également à entendre ce qu'il entendait. Ce n'est que trop tard que j'ai compris ce qu'il fallait faire. Je n'ai d'ailleurs pas entendu de bruit, ou en tout cas, je n'en ai pas le souvenir, mais la seule chose dont je me souviens à ce moment, c'est le souffle violent et brûlant, puis l'impact qui le suivait, de l'arrière de mon crâne contre le sol.

À ce moment, je tombais comme tombent les hommes morts dans un sommeil sans rêves.

J'avais dû rester un certain temps sans connaissance. Lorsque je reprenais enfin connaissance, avant même de revoir la lumière et de pouvoir ouvrir mes yeux, je sentais la chaleur douce du feu de camp et mon esprit tentait d'entendre les bribes d'une conversation qui me semblait lointaine.

Lux semblait en grande discussion, mais c'était son interlocuteur qui m'interpellait. Sa voix, grave, semblait me parvenir du fond d'une grotte. Il roulait les R d'une façon que je n'avais pas encore entendue jusque-là. J'avais mis un certain temps avant de réussir à ouvrir les yeux. J'étais, dans un premier temps, aveuglé par la clarté du feu de camp et je ne distinguais que les ombres grossières et folles qui dansaient à la lueur et au rythme des flammes.

Après un certain temps, mes yeux s'acclimataient à cette lueur et les contours de mon environnement commençaient à se dessiner peu à peu.

Je cherchais avant tout à entrevoir l'interlocuteur de Lux. J'aurais ensuite de nombreuses questions à lui poser, comment avait-il mis en déroute le monstre, était-il mort … ?

Non, impossible.

Je faisais fausse route, c'était ça, c'était lui, la chose, la bête, l'interlocuteur de Lux !

Je feignais d'être toujours endormi, les yeux clos. J'écoutais attentivement leur conversation.

«   -Lorsque vous vous êtes approché de la tour Noire, expliquait la bête, vos mouvements ont sensiblement ralenti. Le cours du temps semble altéré aux abords de la bâtisse maudite.

-C'est ce qui expliquerait que pour nous, nous n'y soyons restés que quelques minutes, alors qu'en sortant le soleil décroissait déjà, répondait Lux.

-Oui, c'est le troisième de ces édifices que je vois depuis le début de mon voyage... Vous ai-je dit d'où je venais ?

-Non toujours pas, mais c'est avec plaisir que j'écouterais votre histoire. »

Je tendais l'oreille avec avidité.

Chapitre douze : Les tigres de Trotoro

La bête entamait son récit :

« Je me souviens encore de nos jeux dans la neige. Nous étions quatre du même âge, mais j'étais le seul tigre blanc. Tous les quatre étions élevés ensemble, comme des frères. Les moines du monastère ne faisaient pas de distinction entre les enfants dont ils avaient la charge.

Après le sevrage, nous avons été confiés chacun à un moine en formation. Dans la hiérarchie, ils étaient tout en bas. En haut, le grand prêtre, les maîtres moines, les moines, puis les moines en formation. Avant cela, il n'y a plus que les aspirants.

Donc, chaque aspirant qui est admis dans la caste monacale, après de nombreuses épreuves, devait faire montre de sa dévotion en prenant en charge un jeune. Les premiers apprentis avaient choisi mes trois frères. Lorsqu'ensuite trois autres apprentis sont arrivés, ils ont choisi trois enfants humains. J'avais été choisi après eux. J'étais le seul tigre blanc, personne n'en avait jamais vu, et bien sûr, l'inconnu effraye.

Frère Ishi, un tigre très jeune, à peine plus grand que moi, et qui n'avait pas encore choisi le jeune dont il allait prendre soin, était le dernier. Il avait un visage doux, le museau long et fin ainsi que des oreilles fines et longues. Je me souviens qu'il s'accroupit près de moi et murmura simplement : « tu leur fais peur mon ami, tu es l'inconnu et le chaos, et j'ai foi, profondément, en l'incroyable fertilité du Chaos » puis il me prit dans ses bras.

Je passais l'ensemble de ma jeunesse auprès de frère Ishi, nous étions tous deux à l'écart des autres moines, tant dans nos prières que dans nos exercices. Après dix ans de très bons soins et d'un travail sans relâche de la part du frère, il progressa au rang de moine. Quant à moi, j'étais frère aspirant.

C'était désormais mon tour de choisir un jeune, il n'y avait que des humains, aucun des nôtres. J'étais encore jeune, mais je pense que quelque part, j'aurais voulu découvrir un très jeune tigre blanc.

Je prenais soin de mon humain, le nourrissant deux fois par jour et à heure fixe, lorsque les épreuves et l'enseignement qui préparaient les jeunes à la vie monacale me laissaient ce temps. Frère Ishi, mon supérieur dans l'ordre, employait une grande partie de son temps à me transmettre les valeurs qu'il avait acquises à mon âge. Malheureusement, je n'étais pas le plus attentif des élèves.

Les humains restaient pour moi avant tout de la nourriture potentielle. Lorsque je me sentais atteint dans ma chaire ou mon esprit, je répondais toujours avec une grande violence, en cela, je n'arrivais pas à suivre les enseignements de l'ordre. Pour mes maîtres, la vie dans son ensemble était sacrée et nous ne devions pas la prendre si nous n'étions pas menacés.

Il était d'usage, entre les murs séculaires du monastère, de remercier tous les jours la proie qui allait nous nourrir. Je n'avais jamais compris la nécessité de ce rituel.

J'avais choisi le plus petit et le plus maigre de la portée. Frère Ishi y avait vu un signe d'humilité, porteur d'espoir. Il y avait vu un signe de ma volonté d'entrer dans l'esprit du temple et de faire cœur et corps avec la nature comme les prédécesseurs. Le lendemain du choix, je lui annonçais la mort de l'humain. Je lui avais brisé la nuque dans la soirée, je ne voulais pas m'occuper de cette chose faible et inférieure.

Je me souviens de la journée qui avait suivi la mort de l'humain. Le grand prêtre avait rassemblé l'ensemble des « Honorables » du temple pour statuer sur mon cas. Frère Ishi, bien entendu, avait été convoqué pour parler à tous de mon comportement. C'est à la fin de la journée que j'avais compris, pour la première fois, que je n'étais pas un des éléments positifs de l'univers. Je fus banni du monastère alors que je n'étais encore qu'un enfant.

L'ensemble du conseil présidé par le grand prêtre se tenait sur le parvis du temple millénaire sous le préau de chaume. Le silence régnait sur la cour dans laquelle tous les tigres de Troroto étaient réunis. Les regards des frères qui formaient un arc de cercle derrière moi pesaient sur mes épaules. Frère Ishi, qui avait la charge de mon apprentissage, rompit les rangs des anciens pour descendre les quelques marches qui le séparaient de moi.

Il s'agenouilla pour poser une main sur mon épaule. « Bô, dit-il, tu ne seras pas des moines de Troroto tant que tu n'auras pas évacué les sentiments et les pensées noires qui corrompent ton esprit. Pars, mon frère, va porter sur le monde un regard sans haine, tu reviendras fort et sage. »

C'est le cœur brisé, conscient des erreurs que j'avais commises, que je voyais la lourde porte en bois massif et sculpté du monastère se refermer sur le visage de mes frères. Puisqu'il en avait été décidé ainsi, j'irais parcourir le monde à la recherche de la paix, puis je reviendrais pour que frère Ishi, qui avait passé plus d'une année à m'enseigner la tolérance, la patience et l'amour des faibles, puisse enfin me regarder dans les yeux.

À cette heure, seul, sans expérience de la vie à l'extérieur du monastère, le seul amour que j'avais pour les faibles était le dîner potentiel qu'ils pouvaient représenter.

Je me mis en route vers le village le plus proche. Il était à plus d'un jour de marche, mais je savais que sur la route, je trouverais un endroit sûr pour passer la nuit. Lorsque les gens montaient au monastère en pèlerinage, ils partaient du village, faisaient halte dans une petite cabane pour la nuit et continuaient jusqu' au monastère.

J'ai passé ma première nuit hors du monastère dans le refuge. Je n'avais jamais franchi les portes du temple millénaire. »

La bête, Bô, faisait une pause à ce moment.

«   Votre compagnon est réveillé, il nous écoute déjà depuis un certain temps. Reprit-il. Levez-vous, vous n'avez rien à craindre.

-Oui, Jianhuren, nous sommes en paix. »

Les mots de Lux apaisaient quelque peu ma vigilance et m'encourageaient à me lever. J'étais allongé sur le dos et ma lame, que je tenais déjà par la poignée, leur était cachée. Je choisissais de ne pas la lâcher alors que je manœuvrais pour me redresser laborieusement, tout mon corps et mes muscles endoloris à la suite de notre affrontement.

Je ne quittais pas des yeux la bête tandis que je passais dans le dos de Lux pour m'installer à sa gauche. J'aurais, en cas de soucis, tout le loisir de dégainer mon épée ainsi positionnée.

«   Votre compagne est sage et puissante malgré sa jeunesse, reprit le monstre. Mais c'est bien la première fois que je vois des singes de votre race utiliser un langage, des accessoires et même des vêtements. J'ai débarqué sur votre terre il y a quelques jours et vous êtes les premiers que je croise, j'ai choisi de vous observer avant d'entrer en contact avec vous, motivé uniquement par la curiosité scientifique.

-Et nous avons compris que nous étions suivis… Reprit Lux. Vous avez dit que nous étions les premiers singes de notre race que vous voyez portant des vêtements et des accessoires, mais ça sous-entend que vous en avez vu d'autres de notre race ?

-J'ai même voyagé avec plusieurs d'entre eux, mais ils tenaient tous, sans exception, le rôle d'animaux de bât. En gros, nous vous nourrissons et les vôtres portent nos effets personnels, enfin, ils vous nourrissent, j'ai toujours refusé d'avoir un singe nu. »

Maître Bô, car c'était le nom qu'il portait, alors que je l'appelais « créature », continuait à nous décrire le monde par-delà les océans. Il avait fait de nombreux voyages, vu des choses que nous ne pouvions pas même concevoir.

Au-delà de l'étendue d'eau qui ne nous semblait pas avoir de fin s'étendait un autre monde qui ne ressemblait à rien de ce que nous pouvions imaginer, des érudits, des savants, des machines, des guerriers, plus il évoquait ce monde, plus ce dernier semblait incroyable. Les nôtres, ceux de notre race, étaient des animaux, guère plus, au service de différentes peuplades d'animaux qui eux se sont développé en civilisation. Cette dernière semblait d'ailleurs incroyablement avancée techniquement, comparée à nos peuplades.

La seule chose que nous avions et qu'ils ne semblaient ni maîtriser ni même comprendre était la « Science étrange ». Je ne la maîtrisais pas ni la comprenais moi-même, mais les recluses érudites en saisissaient l'ensemble des aspects.

Il avait passé un temps considérable à nous abreuvé d'histoires incroyables qui enflammaient mon imagination d'enfant.

Je n'avais plus qu'un seul désir, partir à la découverte de ce Nouveau Monde, tellement plus vaste que l'île sur laquelle nous étions confinés depuis toujours.

Chapitre treize : Séméria

L'échange avec la bête dura toute la nuit. Il n'était pas avare de questions concernant l'utilisation des tablettes de bois. Ces dernières semblaient le fasciner et l'effrayer en même temps. Rien de tel n'existait dans aucun des lieux qu'il avait pu visiter.

De la même façon, notre pèlerinage à la tour Noire le surprenait, chez lui, ces lieux étaient remplis de superstitions effrayantes et n'était qu'un sujet de crainte. Seul un petit groupe d'explorateurs et d'érudits s'y était aventuré afin d'étudier ces lieux.

Le soleil intervenait pour interrompre les débats, et notre petit groupe se préparait pour reprendre le voyage de retour. Nous avions choisi de laisser Bô nous accompagner alors que nous revenions vers le conseil des érudites qui attendait le retour de Lux. Nous étions assurés d'avoir dans un second temps, et à l'aide de notre nouvel ami, leur accord afin d'explorer ce monde si vaste et de nouer des liens avec les peuples qui résidaient par-delà les mers.

Je rêvais déjà aux rencontres et aux merveilles que nous pourrions voir et toucher au-delà cet océan qui se dresse en frontière depuis des siècles. Aucun homme n'avait jusqu'à présent n'avait rêvé franchir cette ultime frontière à la découverte d'un océan toujours plus vaste et à perte de vue. Personne n'avait imaginé un seul instant qu'un autre monde, un autre peuple grouillait, bouillonnant de vie, d'idées, d'inventions étranges et d'aventures fabuleuses.

Je me souviens encore de l'immense bâtisse. Elle était bien plus petite que la tour Noire, bien sûr, mais ça restait le second plus grand édifice que j'avais vu jusqu'alors. Bien sûr, j'en verrais d'autres, fastueux, richement décorés et sculptés, mais à ce moment-là, avec ma petite taille et mon inexpérience cet édifice était stupéfiant.

Situé au sein de ce que je considérais à l'époque comme une grande cité avec ses deux cents habitants, Séméria était placé au cœur des échanges et de toute l'érudition de l'île. Au centre de ces maisons de pierres arrangées autour de champs et de cultures à perte de vue trônait la demeure du conseil des érudites. Une lourde porte de bois sombre en interdisait l'accès. Une des femmes de cette institution de sages était postée devant la porte et patientait.

Elle attendait que ceux qui avaient besoin de la sagesse et de l'arbitrage de ces dames de vertu viennent lui demander une audience auprès du conseil. Si la gardienne des portes jugeait que votre requête justifiait l'arbitrage, alors vous pouviez entrer. Mon statut, encore très symbolique, de gardien me permettait d'accéder librement à la salle du conseil. Bô était dissimulé sous une immense cape de lin brun et ancien que ma tante nous avait confié lorsque nous avions fait halte à Aprepierre.

Ce séjour de deux jours dans la maison de mon oncle nous a permis de prendre un repos dont nous avions besoin. Lux et moi avions dormis une journée entière lors de notre arrivée. La journée suivante, nous avons pris soin de notre matériel. J'ai confié l'Âme Du Gardien à mon oncle, ce forgeron de grand talent a proposé de rendre à cette épée son éclat d'antan. La partie la plus surprenante lors de notre halte restera le moment de dévoiler l'existence de Bô. Outre les expressions peintes sur le visage de ma tante et mon oncle, ces derniers, tous les trois assis à la même table ont entrepris une interminable discutions.

Tiré de mes pensées et de mes souvenirs par la voix de Lux, je réalisais que nous étions arrivés jusqu'à la lourde porte de la demeure des érudites.

« Vous restez tous les deux plusieurs mètres derrière moi, nous disait-elle. Je ne voudrais pas que qui que ce soit n'aperçoive Bô, il provoquerait une panique. Nous dévoilerons sa présence une fois la porte franchie. Je vais faire ouvrir la porte. »

Nous faisant part de ses instructions que nous suivions à la lettre Bô et moi, Lux franchit la distance qui la séparait de la gardienne des portes. Cette dernière ne dissimulait ni sa joie ni sa surprise de revoir ma jeune compagne.

« -Sélène ! L'interpellait-elle, le visage radieux et illuminé par la présence de la très jeune érudite.

-Été, répondait Lux. Par quel prodige êtes-vous toujours plus resplendissante à chaque fois que je vous vois ?

-Merci pour ces compliments qui me touchent, j'imagine que de retour de la tour Noire avec le Gardien, vous désirez vous entretenir avec le conseil ?

-En effet, nous avons un troisième compagnon dont je me porte garante qui nous accompagnera dans la salle du conseil, si vous voulez bien ouvrir la porte pour notre petite compagnie.

-Entrez tous les trois, je pense que la mère sera plus qu'heureuse de vous recevoir. »

À ces mots, je retrouvais enfin mon souffle, je ne m'étais pas aperçu, tant la crainte de nous voir découverts avait grandi, que j'avais tant abaissé ma respiration que cette bouffée d'air frais m'a surpris.

Pour faire pivoter sur leurs gonds les imposants panneaux de bois, la gardienne de la porte utilisait une tablette de bois sculptée sur laquelle elle soufflait délicatement.

La porte se mit en branle dans un bruit de tonnerre. Je ne sais pas ce que je m'attendais à trouver de l'autre côté du seuil, sans doute encore profondément marqué par notre expérience à la tour Noire, mais le spectacle qui s'offrait à nous ressemblait à une danse de groupe rythmée et frénétique dont les pas paraissaient avoir été longtemps étudiés et minutieusement préparés. De tous les coins de l'immense salle que nous avions sous les yeux semblait aller et venir une véritable petite armée de filles et de femmes plus belles les unes que les autres. Certaines transportaient des brassées de tablettes de bois, d'autres d'épais volumes mystérieux à la couverture de cuir, et toutes avançaient d'un pas décidé.

Lux laissait échapper ce qui semblait être un soupir de soulagement. Notre présence interpellait certaines érudites dont nous croisions le chemin, mais leurs visages s'illuminaient en apercevant Lux. Bien que l'endroit soit bien éclairé par de nombreuses torchères, le contraste avec l'extérieur était malgré tout important en cette journée ensoleillée et nos yeux avaient eu besoin de plusieurs dizaines de secondes avant de s'acclimater à cette nouvelle luminosité.

Une fois qu'elle semblait avoir retrouvé ses repères, elle nous intimait l'ordre d'un ton directif que je ne lui connaissais pas de lui emboîter le pas. Nous franchissions la dalle scellée et frappée du sceau des érudites avant d'entamer la remontée de l'allée centrale. L'ensemble de la population du cloître interrompait toute activité au fur et à mesure que ces dernières découvraient notre petite procession qui progressait lentement à la lueur vacillante des flammes. Je me faisais une remarque singulière, aucune ouverture pratiquée dans les murs ne laissait passer les lueurs du jour.

Les quelques mètres de l'allée centrale me semblaient plus longs que la traversé de la vallée d'émeraude. Ce hall austère sans décorations et simplement éclairé par une douzaine de torches semblait ne plus en finir et je percevais, à chaque pas, de nouveaux regards curieux se poser sur nous.

Une porte bien plus petite que celle de l'entrée marquait la fin de notre lent défilé. Lux ne s'embarrassait pas, étonnamment, d'utiliser le heurtoir et se contentait de pousser de toutes ses maigres forces le panneau de bois. Je n'avais pas réalisé que le silence avait remplacé les bruits de pas derrière nous, silence qui était aussi tôt brisé par l'écho du bois de la porte usant les dalles de pierres.

La salle devant nous était bien moins vaste que le hall que nous venions de franchir. Dans cette salle et sans doute pour ne pas risquer un incendie, les rayons du soleil passaient par de nombreuses, mais petites ouvertures dans trois des quatre murs. Des piles de livres, de feuilles et de tablettes de bois trônaient sur les tables et les bureaux présents dans la pièce. De nombreux documents jonchaient également le sol. Au centre de cet incommensurable bordel de savoir, une table ronde à laquelle siégeait une demi-douzaine de vieilles femmes. Celles-ci semblaient se crêper le chignon au sujet de bottes d'oignons, ce qui n'a pas manqué de m'interpeller au plus haut point.

Ces dernières, que rien ne semblait pouvoir interrompre ou perturber, trouvaient une issue à leurs conflits rapidement lorsque l'une d'elles, une vieille femme aux traits tirés et à la peau parcheminée, posait les yeux sur nous avant d'attirer l'attention de ses partenaires de dispute.

« Par la barbe de la mère supérieure, si mes vieux yeux ne me trompent pas, Lux la clairvoyante, tu es revenue ! »

Les débats avaient fait place au silence après l'exclamation de la très vieille femme. L'une d'elles, qui semblait être aussi vieille que les montagnes, tant les plis de sa peau se chevauchaient, levait péniblement la tête. Sa longue chevelure fine et rare par endroits qui cachait son visage s'écartait en accompagnant son mouvement. Ses cheveux qui avaient la couleur de la neige sale nous dévoilaient une peau tachée et deux yeux gris complètement voilés dont on ne pouvait même plus deviner la couleur.

> « - Lux la clairvoyante Sélène, sa voix tout comme le masque des âges que revêtait son visage semblait être celle d'un vieil arbre. Est-ce toi mon enfant ? Sœur Sylve, pourquoi évoquez-vous ce nom ?
>
> -Vénérable, répondait la première femme à nous avoir aperçue, Sélène se présente devant nous aujourd'hui, c'est elle qui vient de franchir la porte en compagnie du Gardien, je présume, et d'un inattendu compagnon.
>
> -Mes yeux ne me laissent voir que le brouillard, répondait la vénérable, mais j'entends un souffle et je sens une odeur qui m'interpelle. Vous parliez d'un compagnon, mais si vous n'aviez pas dit cela, j'aurais imaginé que c'était une bête qui les accompagnait.
>
> -Très chères mères, intervenait Lux, vous avez toutes deux raisons. »

Tout en prononçant ces paroles, Lux tendait la main en arrière pour saisir à pleine main la toile dissimulant le monstre qui nous accompagnait.

D'un coup sec, elle retira le drap qui révéla la nature encore incertaine de notre compagnon.

Quelques exclamations de surprise, de crainte et d'étonnement échappaient à l'assemblée de vieilles femmes. Seule la très vénérable mère restait silencieuse. Les vieilles femmes commençaient à échanger des murmures rapides dont aucun mot intelligible ne parvenait jusqu' à nous.

«   -Silence ! intervenait la doyenne.

-Très vénérable, répondait une des vieilles femmes de l'assemblée qui avait conservé le silence jusqu'alors. Vos yeux ne peuvent contempler ce que nous voyons, notre étonnement est parfaitement justifié, je vous l'assure.

-Avant de voir ce que vous avez sous les yeux, répondait l'antique femme, vous étiez confiantes dans le jugement de Lux quant au choix de ces deux compagnons, alors, mes sœurs, fermez les yeux et retrouvez votre confiance, peu importe ce qui vous a interpellé, Lux et ses deux compagnons pourrons sans aucun doute y répondre et le justifier, voici qu'aujourd'hui je vous offre une perle de sagesse, c'est la confiance aveugle dans les vôtres.

-Vénérables du conseil, je me présente devant vous avec de nombreuses choses à vous raconter, intervenait Lux. »

J'étais alors présenté par ma compagne de voyage de façon très officielle au Conseil des Anciennes. Elle racontait notre voyage avec beaucoup de détails et de précision, bien plus que je n'aurais su le faire à cette époque. Lux évoquait l'« âme du gardien », les monts hurlants, et notre arrivé à la tour. À ce moment, elle nous priait avec insistance de bien vouloir l'attendre à l'extérieur de la pièce avec Bô.

Après nous être exécutés, nous nous sommes armés de patience et découvrions qu'à ce moment-là, mon compagnon était l'objet de toutes les curiosités. En effet, lorsque nous sommes sortis, et une fois passée la surprise des érudites qui découvraient Bô sans la cape, toute l'activité du cloître s'était interrompue.

Les filles les plus jeunes et les plus téméraires faisaient deux pas de plus que les autres dans la direction de mon immense compagnon. Cette situation semblait l'amuser. Quelques instants s'écoulaient à nouveau avant que l'ensemble des femmes et des filles du cloître ne se pressent en un groupe compact, cherchant à toucher les poils rayés noirs et blancs du monstre ou à me tapoter la tête et me pincer les joues.

De ma vie, je n'avais jamais eu autant d'attention et d'affection et tout ce chahut et ces démonstrations d'intérêts m'oppressaient plus qu'elles ne me flattaient. Bô dominait la foule en taille et dépassait la plus grande des femmes d'au moins deux têtes alors que celle-ci me dominait d'autant.

Je manquais d'air et ne parvenais plus à trouver mon souffle lorsque j'entendais la porte à laquelle nous étions adossés s'entrouvrir. Alors que j'y voyais une lueur d'espoir et une délivrance, Sélène n'autorisait que Bô à la rejoindre, me laissant en proie à l'intérêt de cette population exclusivement féminine et qui, à cette époque de ma vie, ne déclenchait encore aucun appétit.

L'attention des femmes, comme je le craignais plus tôt, se reportait entièrement sur moi. Des bribes de phrases telles de « Ho qu'il est mignon le nouveau gardien » ou « il est marrant ce petit » me parvenait à travers un vacarme qui devenait de plus en plus assourdissant.

Après un temps qui me paraissait une éternité, le loquet de la porte s'actionnait à nouveau et cette dernière s'entrouvrait enfin pour me laisser passer.

> « -Gardien, me dit la doyenne aveugle, une cellule est à votre disposition afin que vous y passiez la nuit avec maître Bô. Demain matin, les débats de l'assemblée seront clos et vous reviendrez ici entendre ce que les érudites ont à vous dire à tous les deux, en attendant, et afin de ne pas perturber plus que ça la quiétude du cloître, vous prendrez le repas de ce soir dans la cellule que nous avons mise à disposition. Lux va vous y conduire immédiatement. »

En effet, notre amie nous y conduit d'un pas décidé et, couloirs après couloirs, au second étage, nous étions enfin arrivés à destination. Nous avions à disposition un baquet pour nos besoins et un seau pour nos ablutions. Lorsque j'interrogeais Bô sur sa séance privée avec le conseil, celui-ci m'expliquait qu'il s'était contenté de raconter son histoire et répondre à une pluie de questions sur son monde.

Je lui demandais alors s'il voulait bien m'expliquer à nouveau tout cela et, ne voyant pas ce qui s'y opposait, il entreprit de tout me raconter.

Je ne sais pas à quel moment exactement après notre frugal dîner je m'étais endormi, mais je n'en avais pas appris beaucoup plus au final. C'est le bruit de l'huis vieillissant de notre cellule qui me tirait de mon sommeil au petit matin.

L'ouverture pratiquée dans les murs nous laissait entrevoir les premiers rayons encore timides du soleil. Lux se tenait au-dessus de moi avec un visage épuisé, fatigué, mais illuminé d'un sourire et les yeux animés d'une lueur que je ne leurs connaissais pas.

« -Debout la compagnie, le conseil nous attend !

-Attends, une seconde je te prie, lui répondais-je. Je peux savoir ce qu'il t'arrive, tu as l'air aussi ravie qu'épuisée, c'est plutôt déroutant.

-Mon très jeune ami, répondait Bô en lieu et place de Lux, c'est le visage d'une personne qui sait qu'elle part à l'aventure pour l'inconnu.

-Si le conseil vous pose la question, repris Lux, je ne vous ai rien dit, tout ce que vous savez, c'est qu'elles nous attendent. »

Je comprenais rapidement et cette nouvelle m'avait fait l'effet d'un coup de nerf incontrôlable. Les jambes lourdes et courbaturées, je trouvais dans l'espoir de ce qui nous attendait la force de me lever en un éclair, rapidement effectuer quelques ablutions matinales, et, me jugeant apprêté comme il se devait, j'emboîtais le pas de Lux qui seule pouvait nous conduire à nouveau vers la grande salle.

Je me tournais vers Bô, je ne l'avais pas vu dormir ni se laver depuis que nous nous étions rencontrés et pourtant, en dehors d'une certaine odeur de fauve plutôt forte, il était toujours propre et les poils entretenus. J'étais résolu à découvrir le secret de sa toilette, pouvant visiblement me faire gagner un temps précieux tous les jours.

Emboîtant le pas mécaniquement sur Lux, nous étions parvenus, sans que je ne me repère. Sélène était visiblement attendue, car elle ne prenait même pas la peine de s'annoncer ou frapper à la porte. Elle s'appuyait de tout son poids sur cette dernière et elle avait toutes les peines du monde à lui donner l'impulsion qui la métrait en mouvement. Bô posait alors une patte, ou une main, immense sur le panneau de bois et ce dernier se mis en mouvement sans plus d'efforts. Lux levait la tête complètement à la verticale du monstre et l'invectivait avec un regard de défis en lui disant : « Heureusement que j'avais déjà fait le plus gros ! »

Je n'en aurais jamais la certitude, mais je reste convaincu qu'à ce moment j'ai vu un sourire découvrir les crocs acérés de la bête.

> « -Le conseil des érudites vous salue jeunes gens, ainsi nous accueillait la vénérable mère. Comme le montrent justement certaines d'entre nous qui nous sommes endormies, les débats ont eu lieu durant toute la nuit. Les informations que Sélène la clairvoyante Lux nous a rapportées de la toure Noire et les propos soutenus par maître Bô nous ont amené à une conclusion simple. Nous allons envoyer une expédition de l'autre côté de l'océan. Ce dernier que nous pensions infini a finalement une autre rive comme le plus ridicule des ruisseaux, mais, qui plus est, le monde est bien plus vaste que ce que nous pensions. Vous trois ferez partit de l'expédition qui aura à sa tête pour vous guider le seul qui à notre connaissance, est parvenu à réaliser cet exploit, c'est bien sûr sous la garde de maîtres Bô que nous plaçons cette expédition. »

Le discours de l'antique femme continuait de sa voix nouée et lancinante. Son rythme était lent et le sommeil m'a quelque peu rattrapé me faisant somnoler devant le conseil. Le respect et la déférence avec laquelle la vénérable mère faisait allusion à la créature ne m'avaient pas échappé.

L'expédition, dont nous prendrions la tête partira dans deux ans du port du village de Mom. C'est là-bas qu'est le seul chantier naval dont dispose l'île.

Dans ces chantiers étaient fabriqués les bateaux de pêche qui sillonnaient les côtes.

Notre petite troupe prendra la tête de cette expédition avec Bô pour guide, entre temps, le conseil a proposé que nous passions tous les trois une année au sein du cloître afin d'étudier l'histoire et les Sciences étranges. À la suite de cela, nous allons passer une année chez mon oncle afin de nous perfectionner, Lux et moi, aux arts du combat et à l'entretien des armes et des armures.

Bô sera notre maître des arts martiaux et mon oncle nous aidera dans la création d'armes et d'armures adaptées à notre condition physique à ce moment-là.

Dans vingt-quatre lunes pleines, nos préparatifs seront terminés, ainsi que notre navire dont Bô aidera à tracer les plans.

Ensuite, nous partirons vers l'enfer bleu.